能面検事の奮迅

中山七里

NOMEN
KENJI
no
FUNJIN

Nakayama Shichiri

光文社

能面検事の奮迅

目次

一　不正許すまじ　5
二　介入許すまじ　61
三　馴れ合い許すまじ　116
四　忘却許すまじ　164
五　露見許すまじ　223

装幀　長﨑　綾
（next door design）
装画　斎賀時人

一　不正許すまじ

1

惣領《そうりょう》美晴《みはる》は福島《ふくしま》駅1番出口を出ると、大きく背伸びをした。一月四日、世間はまだ正月気分のままだが、本日が御用始めの公務員たちは美晴と同様に職場へ向かう。

南方向へ五分も歩けば大阪中之島《なかのしま》合同庁舎が見えてくる。正確には堂島《どうじま》に位置しているが関係者は〈中之島〉と呼ぶ。法務省関連の集まる庁舎だが、その中に美晴の職場である大阪地方検察庁がある。

美晴は検察官付きの事務官だった。

見慣れたはずの庁舎入口も御用始めとなれば新鮮に映る。美晴は深呼吸を一つしてから正面玄関を潜《くぐ》る。

検察事務官として大阪地検に採用されたのは去年のことだった。ただし事務官をずるずる続けるつもりはさらさらない。検察事務官二級になって三年を経過すると考試の上で副検事登用の道が用意されている。副検事になれば更に考試を経て検事になる道も開かれている。検事を志望する美晴としては、とにかく実績を積みたいと初詣《はつもうで》の際にも祈願したばかりだった。

エレベーターで検察庁のフロアに到着する。廊下を歩いていると、事務局総務課の仁科睦美《にしなむつみ》と鉢合わせした。

「惣領さん、あけおめー」

仁科は美晴を見つけるなり手を振って駆け寄ってくる。課長職にありながら過分なほど親しいのは、検察庁には数少ない女性職員同士という事情もあるが、大方は本人の性格ゆえだろう。

「あけましておめでとうございます。今年もよろしくお願いします」

「はい、おめでとうございます……って、ええなあ惣領さん。正月早々」

「何がですか」

「顔がさ、もう気合いが滲《にじ》み出てるもん。正月気分が抜けへん職員に見せたげたいわ。うん、額に入れて正面玄関に飾っときたいくらい」

その画《え》を想像して怖気《おぞけ》を震《ふる》う。生き恥以外の何物でもないではないか。

「今年も新年早々鬱陶《うっとう》しい話が出そうなんやから、お屠蘇《とそ》気分抜いてもらわんといかんしね」

事務局だからということではないが、仁科は地獄耳だった。庁内の人事は言うに及ばず、検察官同士の確執や揉《も》め事に一番詳しいのは彼女ではないかと思う。

「どんな鬱陶しい話なんですか」

「さっき榊《さかき》検事に会《お》うたんやけど、新年の挨拶《あいさつ》しとんのに全然目出度《めでた》い風やなかったのよ」

榊宗春《むねはる》は次席検事の役職にあり、名実ともに大阪地検のナンバー2だ。次席検事ともなれば担当事件を持たされて法廷に立つことはなくなるが、代わりに検事正を補佐しなければならない。重大事件に関わる場合には記者会見で喋《しゃべ》ることもあり、地検の顔のように扱われる。

「最近は次席検事も思ったことが顔に出んようにしてるみたいやけど、それが新年早々あんな顔してるんやからね。少なくとも私生活のトラブルを職場に持ち込む人やないし、庁内に鬱陶しい話が入ってきたんと違うかな」

「顔色一つで色々勘繰られる人も災難ですね」

するると仁科は非難がましくこちらを覗《のぞ》き込んだ。

「そら惣領さんは付いているのがあの不破《ふわ》さんやから他人事《ひとごと》にしか思えんのよ。あの顔から何か読み取るなんて不可能やからね」

仁科の指摘はもっともだった。彼の下で働くようになってからそろそろ九カ月だというのに、未《いま》だに何を考えているのか分からない。

「そもそも何で次席検事のご機嫌具合を惣領さんに話すかと言《ゆ》うたらね、もし鬱陶しい事案が発生したら、不破検事にお鉢が回る可能性が大きいからやないの」

「そうなんですか」

「普段から有能とか逸材とか持ち上げられてる人間は、こういう時の駒にされやすいんよ」

仁科と別れてから不破の執務室に急ぐ。ノックすると、やはり中から声が返ってきた。

「あけましておめでとうございます。今年もよろしくお願いしますっ」

「よろしく」

意気込んで挨拶してみたものの、相手はこちらを一瞥《いちべつ》しただけですぐ目の前のパソコン画面に視線を戻す。こちらが新年への意気込みを見せたのだから少しは調子を合わせてくれればと思うが、他人の事情に全く左右されないのが不破の不破たる所以《ゆえん》でもある。

不破俊太郎《しゅんたろう》、大阪地方検察庁担当検事。一部からは大阪地検のエースと持て囃《はや》されているが、不破本人に高慢や気負いといった雰囲気は微塵《みじん》もない。表情筋は一ミリも動かず、さながら試験管の中を覗く研究者のような目だけが動いている。

この無表情さが不破の身上であり武器でもある。被疑者は言うに及ばず、相対する者はどんな恫《どう》喝《かつ》にも懇願にも動じない不破に動揺しペースを乱され、そして自滅していく。口さがない者から〈能面検事〉と二つ名を献上される由来だ。

昨年、送検された証拠物件の紛失に端を発した事件で、不破は大阪府警全体を敵に回した。本来は協力関係にある警察から敵視されて得になることなど何もなく有形無形のプレッシャーを受けたはずなのに、不破は無表情と己の流儀を貫いた。検察官はそれ自体が独立した司法機関である――言い古された言葉を体現した不破には頭が上がらない。とっつきにくさは相変わらずだが、この男の下にいれば得られるものも多い。

検察事務官の業務は送検された案件の資料整理・証拠品の受理処理・令状などの身柄の処置等に関する事務など多岐に亘《わた》る。中には自身のスケジュール管理まで押し付ける検事もいるが、幸い美晴はそうした目に遭ったことがない。何より助かるのが、不破の下にいる限りパワハラにもセクハラにも無縁でいられることだ。元より司法に携わる組織であるためか、ハラスメントの事実があっても表沙汰にはなりにくい。しかし美晴もちらほらと噂《うわさ》らしきものは耳にするので皆無ではないらしい。その点、不破は潔癖なものだ。もっともぴくりとも動かない無表情そのものがパワハラだという指摘もあるのだが。

さあ、いよいよ自分も仕事始めだ。早速、新たに送検されてきた案件をチェックしていると、今しがた仁科から聞いた『鬱陶しい話』が気になり出した。

組織内で鬱陶しいことと言えば大抵はトラブル絡みだ。それも次席検事が顔を顰《しか》めているとなれば、相応に規模の大きなトラブルであると考えられる。

気になったら確認せずにいられないのが美晴の癖だった。

「検事。何かありましたか」

我ながら間の抜けた質問だと思ったが、幸い相手は不破だ。いつもの能面をこちらに向けるだけだった。

「何かとは何だ」

「ちょっと小耳に挟んだんですけど、ウチにとって鬱陶しい事案が上がっているかもしれないと聞きました。ひょっとして不破検事はご存じありませんか」

「知らん」

とりつく島もないとはこのことだ。自身の所属している組織が関わっているのならもう少し興味を持っていいはずだが、不破は眉一つ動かさずに切り捨てる。無駄とは知りながら、それでも重ねて尋ねてみた。

「榊次席検事が懸念されているという噂です」

「噂に付き合っている暇はない」

これもまた予想通りの返事で、あまりの素《そ》っ気《け》なさが却《かえ》って清々《すがすが》しいくらいだ。

「そんなに暇なら他の仕事を回してもらっても構わないが」

「いえっ、結構ですっ。もういっぱいいっぱいです」

「口で消費しているカロリーを他に回せば効率が上がるぞ」

仕事始め早々、過労にでもなったら笑い話だ。いや、笑い話で済まなくなる。美晴は口を噤《つぐ》み、証拠物件の受理作業に没頭する。


いっときは忘れたものの、一度気にしたことは解決しない限りいつまで経《た》っても頭の隅に残る。これも美晴の悪い癖だが、探究心が旺盛という別の言葉に置き換えて正当化している。

昼休みを使って大阪地検が関わりそうな事件をネットで検索してみる。もっともそんな手間を取らずとも、大阪を舞台にした事件と言えば現在一つしかなかった。

岸和田《きしわだ》の国有地払い下げに関する近畿《きんき》財務局職員の収賄疑惑だ。

事《こと》は昨年の五月まで遡《さかのぼ》る。学校法人荻山学園《おぎやまがくえん》が新年度に開校を予定していた小学校の用地として、岸和田の国有地を購入した。新たに小学校を創設することには何ら問題はなかったが、この際の購入価格に疑惑の目が向けられた。購入価格は評価額の何と四割にも満たなかったのだ。

本来、国有地は売却を促進する性質のものではない。国有財産を手放すのだから慎重になるのが当然であり、そのため売却には公的な需要の有無と申請の妥当性が厳しく問われることになる。荻山学園の場合、私立とはいえ小学校の建設自体は公共ニーズに合致したものだ。しかし申請内容にある購入価格のあまりの低さが露骨に目を引いた。最初に疑惑を報道したのは地方紙だったが、扱う案件の公共性と購入価格の不透明さが国民の関心を呼び、他紙が次々と後追いして大事件へと発展した。

　国有地の売却を担当するのは各財務局管財部に所属する国有財産調整官だ。件《くだん》の新聞は荻山学園側と国有財産調整官審理担当との間に何らかの利益供与があった可能性を示唆《しさ》、他の報道各社が裏付けに奔走しているのが現状だった。

　疑惑が事実であるなら、事は調整官個人の問題に留《とど》まらず、近畿財務局を巻き込む大スキャンダルとなる。大阪地検が捜査に乗り出すのは時間の問題と言えた。

　仁科が噂する『鬱陶しい話』はこれ以外に見当たらない。ただし大阪地検が捜査に着手するとしても担当は特捜部の専従になる可能性が高く、どのみち部外の不破には直接関係のない話だ。さて、仁科の懸案が噂のまま立ち消えるのか、それとも大阪地検の仕事となるのか――まるで身内の不幸を期待するような背徳感を覚えながら、美晴はまた仕事に戻る。


　国有地払い下げに関して進展があったのは、その二日後のことだった。スクープをものにした新聞社が払い下げの申請に現職国会議員が関与している疑いをすっぱ抜いたのだ。

　関与したとされるのは大阪十八区選出の兵馬《ひょうま》三郎《さぶろう》衆議院議員。当選四回のベテランで、財務省の族議員でもある。疑惑の根拠とされたのは、彼の後援会に荻山学園の理事長が名を連ね、かつ本人が近畿財務局ＯＢという二つの事実だ。単純明快な関係図であり、この疑惑報道にまた他紙が追随した。

　ただし報道はあくまで疑惑の域を出ない。実際のところはどうなのかと、美晴は自分から情報を拾いにいく。行き先は当然仁科だった。

噂話に花を咲かせる時、仁科は喫煙コーナーを選ぶことが少なくない。喫煙するしないに拘《かか》わらず、この一角はいつも人影がまばらで秘密を保持するのに適しているからだ。

「もう、ウチの特捜部が動き出したんよ」

新聞が嗅ぎつけたネタを地検が看過しているとは考えにくく、これは美晴も想定内の動きだった。内偵に数カ月あるいは数年を費やし、立件可能となった時点で地検の捜査が明るみに出る。マスコミが報じた時にはほとんどの証拠物件が揃《そろ》った後であり、容疑者は証拠隠滅の暇《いとま》さえ与えられないのが普通だ。

「国有地の払い下げに関与しているのが理事長と国有財産調整官だけなら話は単純やけど、それに国会議員が噛《か》んでるとなるとなあ。次席検事が険しい顔してた理由が、やっと腑《ふ》に落ちたわ」

「兵馬三郎って結構有名ですものね」

「ただの族議員やのうて、きっちり審議会のメンバーやしね。噂じゃ次の副大臣に推《お》す声も大きいって。そんな大物やから特捜部も力こぶ入るの当然でしょ。それに、これで兵馬議員の関与を立証できたら、特捜部の汚名返上になるしね」

汚名返上という言葉だけで、たちまち仁科の言わんとする内容が理解できる。

二〇一〇年九月に発覚した大阪地検特捜部主任検事による証拠改竄《かいざん》事件は検察史上最悪のスキャンダルだった。主任検事とそれに続く元特捜部長および元副部長の逮捕、検事総長の辞職。災厄は留まるところを知らず、大阪地検の権威は地に堕《お》ちた。あれから数年が経過したが、大阪地検の負った痛手は完全に回復しているとは言えず、大阪市民の間では未だに不信感が根強く残っている。大阪地検にすればトラウマのような事件でもあった。

「あんな大スキャンダルやから、ちょっとやそっとの白星を稼ぐ程度じゃ失地回復は無理。それこそ今度みたく現役の国会議員を贈収賄や特別背任でお縄にせんとね」

「現役国会議員で、次期副大臣候補を逮捕できたら大金星ですからね」

「そう。せやから余計に慎重になるし、特捜部にはよほどの腕っこきが求められる。惣領さんもぼやっとしてたらアカンよ」

「え。どうしてですか。不破検事、特捜部じゃありませんよ」

するとに仁科は少し呆《あき》れたように小首を傾《かし》げてみせた。

「何や。そっち方面気にして情報収集してたと思たのに」

「いいえ、大阪地検が舞台になるから興味があっただけで」

「あのね、前の改竄事件があったから、特捜部は二度と失敗できないでしょ。特捜部長延《ひ》いては検事正も万全の布陣で捜査に臨むはずでしょ。それこそ現状の特捜部だけじゃなく、応援も遊軍も掻《か》き集めるに決まってる。そんな事態に不破検事を無視すると思う?」

あ、と思わず短く叫んだ。

「いつ特捜部からお呼びが掛かるかも知れん。不破検事が召喚されたら、事務官の惣領さんかて付いていくんよ。ぼやっとしてたらアカン言うのはそういう意味や」

自分が不破とともに特捜部で働く。

一瞬、華やかな想像が広がったが、すぐに打ち消した。特捜部だからといって特別な仕事をする訳ではない。日頃と同じ業務をこなすだけだ。

ただし、その業務量は通常の倍以上になるのだろうが。

昼休みの後、検事調べを一件終えて執務室に戻ると、不破の卓上電話が鳴った。

「はい、不破です。いえ、今は特に……では、今から参ります」

返答さえ短く切り上げて、さっさと受話器を置く。話の様子から上席者からの連絡らしいが、そんな電話ですら無駄に引っ張らない。

「次席から呼ばれた。行くぞ」

「わたしもですか」

「事務官を連れてくるなと言われなかった」

さっきの仁科との話もあり、榊から呼び出しを受けた理由が容易に想像できる。美晴は自分が呼ばれた訳でもないのに、ひどく緊張する。

榊は不破が同伴で来るのを予想していたらしく、美晴の姿を認めても咎《とが》めようとしなかった。

「事務官を証人にするつもりですか」

「特段の理由がなければ随行させるようにしていますから」

榊の指摘はあながち間違いではない。地検関係者との密談・記録に残らないやり取りを嫌う不破は、事ある毎《ごと》に美晴を同行させて証人代わりにしようとしているフシがある。片や相手の方も美晴がいたのでは気後《きおく》れするので、都合のいい話がしづらくなる。要は体《てい》のいい録音機のような扱いだ。

「まあいいでしょう。ところで岸和田の国有地払い下げに関する事案、どこまで知っていますか」

「新聞報道された範囲内であれば知っています」

「ウチの特捜部が動いています」

「それも聞いています」

仁科や美晴の知っていることを不破が知らないはずがない。しかしどこから情報を引っ張ってくるのか見当もつかなかった。

「話が早くて助かります。兵馬議員の関与も取り沙汰され、疑獄は拡大する傾向です。下手《へた》をすれば近畿財務局どころか財務省延いては財務大臣を巻き込む一大重要案件になります」

榊の声には緊張が聞き取れる。

緊張したのは美晴も同様だ。仁科からは捜査の手が兵馬議員に伸びると聞いていたが、まさかその上まで続くとは想像もしていなかった。

現在の財務大臣は黒鉄巌夫《くろがねいわお》、真垣《まがき》総理の片腕とも言われ副総理の立場でもある。その副総理が疑獄に絡み、下手をすれば逮捕などという事態になれば与党国民党の政権運営には一気に赤信号が点《とも》る。

「知っての通り、与党も一枚岩ではありません。現在は真垣総理の求心力で支持率も安定していますが、裏を返せばそれだけです。総理が右腕を失えば即刻野党からは倒閣、党内からも真垣降ろしの声が上がります。我々の捜査如何《いかん》で政変が起きる可能性は決して小さくありません」

不破の後ろで聞いている美晴は、自分の心拍数が上がるのを実感する。市井《しせい》の犯罪ではなく、国の犯罪を糾弾《きゅうだん》する捜査。大阪地検に採用が決まってから何度か思い浮かべた夢想が、現実のものになろうとしている。昂奮《こうふん》するなというのが無理な注文だった。

「可能性が小さくない分、捜査には普段以上の慎重さと迅速さが要求されます。増員も必要です。それで特捜部長が打診してきました」

来た。

「不破検事。期間限定になりますが特捜部で当該案件を担当する気はありませんか」

「命令ではないのですか」

地検内部の配置なのだから人事云々《うんぬん》の問題ではない。それこそ次席検事の権限でどうにでもなりそうな話だった。

「実を言えば特捜部長は君を指名してきました。先の捜査資料紛失事件でほとんど孤軍奮闘だったにも拘わらず結果を残しましたから。その豪腕を高く買ったようです。もっとも君の活躍のお蔭《かげ》で、いっとき大阪府警との連携は修復不能にまで陥《おちい》りましたが」

持ち上げるだけでなく落とすところは落とす。決して相手を増長させないのは榊の常套《じょうとう》手段だった。しかし相手は能面を二つ名に持つ不破だ。持ち上げられても落とされても、表情に一切変化は表れない。榊も不破の特性は知悉《ちしつ》しているので、大して気にしていない様子だった。

「ただし不破検事にも都合があるでしょう。特捜部の応援で通常案件の進捗《しんちょく》に支障が出るのは避けたい。現在担当している案件を他の検事に渡すこともできない相談ではないのですが、頭ごしにされたら不破検事もいい気はしないでしょう。だから本人にも打診します。担当している案件を他に任せて特捜部の応援をするつもりはありませんか」

榊は値踏みをするように不破の顔を覗き込む。

「否定する向きもありますが、特捜部は検察の花です。そこで実績を残せば相応に評価されるし昇進も早くなります。わたし自身は損な話ではないと思いますが、不破検事の気持ちはどうですか」

「選択できるのであればお断りします」

逡巡《しゅんじゅん》は微塵もなかった。

あまりの即答に榊も戸惑ったようだった。

「即答ですね。何か特段の事情でもあるのですか」

「現在抱えている案件をこなすので精一杯ですから」

「それは他の検事に回せます」

「わたしは現在四十二の案件を抱えています。しかし特捜部の案件はとどのつまり一件です」

「重要度が違います」

「誰にとっての重要度でしょうか」

「もちろん市民にです」

「四十二件の中には虎の子の財産を詐取された老人がいます。五歳の我が子を殺された親もいます。彼らもれっきとした市民です」

「国会議員の汚職と市井の事件とでは比較になりません」

「青いか赤いかは知りませんが、無念を訴える者の顔は知っています。今更青臭いことを言わないでください」

束の間《つかま》、榊は不破を睨《にら》む。美晴の見る限り、恫喝と真意を探る目だった。

おそらく今まで、榊は相手の真意を見抜くことで手綱の扱い方を会得したのだろう。相手の建前と本音を見極めれば誘導も搦《から》め手も自由自在だ。

だが相手が不破ではどうしようもない。真意が分からないから下手に操縦もできない。優秀であるがゆえに上から口を出すのも憚《はばか》られる。上司にしてみれば、これほど扱いに困る部下もいないだろう。

やがて榊は不破から視線を外した。

「返事は伝えておきます」

「失礼します」

去り際すら躊躇《ちゆうちよ》がなかった。怖いもの知らずもここまでくれば見事という他ない。

廊下で不破の後を追いながら、美晴は快哉《かいさい》を叫びたい自分と落胆している自分に気づく。特捜部の仕事を逃したのは惜しいが、それ以上に不破の矜持《きようじ》が我がことのように誇らしい。だが、意地悪く尋ねてみたくもなった。

「検事は特捜部の仕事に興味はないんですか」

返事なし。

「次席検事の言葉ではありませんけど、特捜部の案件で実績を上げれば、敵対している人間も手を出しにくくなります」

やはり返事なし。予想していた反応なので怒りも湧かない。

「敵が黙れば仕事がしやすくなると思いませんか」

すると不破は振り返りもせずに言った。

「敵がいようといまいと関係ない」

「障害になるんですよ」

「それがどうした」

もう話し掛けるなという合図に聞こえたので、会話はそこで断ち切られた。

一月八日、大阪地検特捜部が国有地払い下げ事件の捜査に着手したことが正式に報じられた。マスコミが事件を煽《あお》りに煽った上での報道であったせいか、市民の間ではこれを歓迎する声が圧倒的だった。

地検内部には近畿財務局と兵馬議員に対するネガティヴキャンペーンが功を奏したという見方も存在した。とにかくマスコミによる取材攻勢は激しさを増す一方で、最近は担当調整官である安田《やすだ》啓輔《けいすけ》と兵馬議員のプライベートを暴く記事も雑誌とワイドショーを賑《にぎ》わせている。公務員でありながら派手な生活、人を人とも思わぬ言動を証言する者もあらわれ、真偽のほどはともかく、人々の義憤と好奇心を掻き立てるのには不足がなかったのだ。

ところが一方、国有地を安く買い叩《たた》いた側の荻山に対しては不思議なほど非難の声が上がらなかった。この傾向は大阪に顕著であり、元よりお上《かみ》嫌いの気質に加えて、甘い汁を吸ったのが官僚と議員の側だという認識があるからだろう。

更に、二人には事実認定の点で大きな相違があった。安田調整官が徹底して贈収賄の疑惑を否定したのに対し、荻山理事長はあっさりと現金の供与を告白したのだ。

『そりゃあね。わたしも小学校を創ろうなんて男ですからね。子供の手前、嘘《うそ》は言えません。国有地の購入やら許認可がどんだけ難しいか知ってますか？　財務局管財部ゆうのはですなあ、表向きは国有地の積極的な売却を謳《うた》ってますけど、積極的の前段に可能な限り高値でちゅう文言が入る。国庫に入るおカネやから、そら高いに越したことはないですよね。しかし可能な限り高値というのは、できるだけ売るなっちゅうのと一緒だ。皆さんが考えてはるほど国有地の売却は易しいもん違います。清廉潔白では何ともならん。だからおカネは動きます。多少汚れたおカネであってもですね、これがお子さんの通う学び舎《や》を創るのに使われるのなら価値も意義もある。おカネを活《い》かすっちゅうのは、そういうことなんです』

荻山理事長の開き直りは良識者からは嫌悪されたものの、大部分の市民の耳にはあまり抵抗なく響いた。二人から受ける印象が真逆に近いのは、主としてそうした事情によるものだった。

『大阪地検特捜部の復権なるか』

『本丸は財務相か』

『市民の期待を背負って』

新聞各紙の見出しは躍《おど》りに躍り、連日捜査の進捗を伝える記事が並ぶ。

九日、大阪地検特捜部は安田調整官への聴取を開始した。荻山理事長との個人的関係、ならびに近畿財務局長からの特別な指示はなかったかの聴取内容だが、無論その先には兵馬議員との関係を暴く作業も待っている。

さすがに特捜部の捜査状況は厚いカーテンに閉ざされ、地獄耳を自認する仁科にも詳細は届かなかった。

「なかなか口が堅いらしいね」

思うまま得られない情報に、仁科も苛立《いらだ》ちを隠せないようだった。

「異常な購入価格に安田調整官が関与しているのは間違いないみたいやねんけど、彼の通帳に大きな金額が振り込まれた形跡はないし、検事の追及にも屈してない様子やし」

「担当は誰なんですか」

「高峰《たかみね》主任検事」

高峰仁誠《じんせい》。大阪地検では知らぬ者はいない男だ。偉丈夫《いじょうふ》で凶悪な人相、大阪府警を訪ねた際は、何も知らない刑事から捜査四課通称マル暴の刑事に間違われたという逸話を持つ。不破が大阪地検のエースなら、高峰は特捜部のホープだった。

「高峰検事が尋問しているんだったら時間の問題のような気が」

「普通はそう思うよねえ、あの厳《いか》ついご面相を知ってる者やったら。能面の不破検事に鬼面《きめん》の高峰検事。にらめっこさせたら、どっちが勝つんやろか」

休み時間の残りを気にする風もなく、仁科は使いもしない吸煙器に肘を立てて馬鹿話をする。事務局長の前では満足に私語も交わせない反動かもしれないと、美晴は推察している。

「……二人とも、笑った顔が想像できません」

「やろ？　不破検事とタメ張れる高峰検事が連日睨みつけてんのに自白せえへんて、安田もどんだけ肝が据わってんねん」

「それはちょっと興味ある被疑者ですね」

「あ、また他人事みたいなこと言うとる」

「だって特捜部の応援、不破検事はきっぱり断りましたからね」

「だからゆうて安心してたらアカンよ」

仁科は意味ありげに笑ってみせた。

「不破検事は頑固やと思うけど、次席検事も結構しつっこいとこあるからね。一度断られたくらいで諦めてくれると思たら大間違いやからね」

仁科はそう言うが、美晴は不破が特捜部の仕事を応援するとは到底思えなかった。榊の執拗《しつよう》さがどの程度のものかは知らないが、不破の頑固さは誰よりも知っている。知り過ぎて溜息《ためいき》が洩《も》れるくらいだ。

ところが案に相違して、不破は否応《いやおう》なく特捜部に関与していくこととなる。しかも美晴が想像もつかないかたちでだった。

2

一月十一日、事情聴取が始まって二日が経過しても安田は頑として供述を拒《こば》んだ。他愛《たわい》のない話には応じるものの、質問が国有地払い下げに及ぶと途端に口を噤《つぐ》むらしい。誰に忠誠を誓っているのかは不明だが、高峰の追及に耐えているというだけで充分称賛ものと言ってよかった。

別件の検事調べを終えた不破は、執務室で次の案件の下調べに余念がなかった。証拠物件の法的な妥当性、員面調書の正当性と矛盾点の有無。特捜部を取り巻く騒ぎが日に日に大きくなっているにも拘わらず、我関知せずの姿勢を崩さず通常業務に当たっている。処理する姿は正確な機械のようで、今更ながら見ていて飽きない。お蔭で日々送検されてくる案件は滞留することなく、起訴・不起訴に分類されて片づいていく。

榊から特捜部の応援を持ち掛けられた時には、正直美晴も胸が躍った。今とは違う光景、より充実した手応えを享受できるのではないかと期待した。だから不破が申し出を固辞した瞬間は気落ちしたのだが、今となってみれば正解だったと思っている。

更に十一日は、荻山理事長の事情聴取が開始された日でもあった。理事長荻山孝明《たかあき》が大阪地検に到着すると合同庁舎前は報道陣で鈴なりとなり、一時は職員の出入りすら困難になったほどだ。

荻山は出頭前からマスコミに打ち明けた証言を特捜部でも繰り返した。
・小学校の建設予定地を探す過程で安田調整官と知り合い、申請の妥当性や購入価格について様々なアドバイスを受けるようになった。
・次第に候補地が絞られ、安田と相談の結果、現在購入した岸和田市向山《むこうやま》の物件八千七百平方米を選択するに至った。しかし荻山学園の全資金を注《つ》ぎ込んでも尚《なお》、評価額と大きな差が生じていた。
・そこで予《かね》て後援していた兵馬議員のことを思い出し、当該国有地の評価額が購入可能な金額になるまで「調整」できないかを打診してみた。
・そして紆余《うよ》曲折の後に当該国有地払い下げの申請が認められ、小学校の建設がスタートした。
以上が荻山の供述の骨子だが、本人の弁にもあったが決して本人は清廉潔白ではない。嘘を吐《つ》いていない代わりに、肝心要《かなめ》の贈収賄の事実については黙秘したのだ。

完黙・半落ち・完落ちと自供の状況は様々あるが、九割自白して一割黙秘するのが一番タチが悪い。黙して護《まも》る部分が一点だけなので、被疑者の気力を殺《そ》ぐのに手間も時間も費やしてしまう。これは特捜部も予期し得なかったことであり、下手をすれば安田の事情聴取よりも難儀になる予感を孕《はら》んでいた。

十二日、そして十三日と経過しても、二人から決定的な供述は得られない。取り調べ時間の規定もあり、一日八時間に限定された事情聴取では無茶もできない。

高峰主任検事と二人の被疑者の攻防は部外秘ではあったものの、進展がなければ断片的な噂となって洩れてくる。この場合も一番の早耳は仁科で、彼女の口から語られる双方の一進一退は美晴にとって食後の愉《たの》しみと化していた。

「状況証拠は揃っているらしいんよ。小学校創立に関する要望書と申請書、国有地の売買契約書。それからいっちゃん重要な国有地売却に関する決裁文書。これだけの資料で積み上げた高さが三十センチ超え。ほとんど特捜部が読み込みを終わってるけど、当事者の供述がないと公判で引っ繰り返される確率はゼロやないからね。事件の規模と注目度がメチャメチャ高いから有罪率百パーセントでないと起訴に踏み込めんこのジレンマ。一ラウンドで二回もダウンさせたのに、どうしてもあと一回のダウンが奪えん」

まるでボクシングの解説をするような口調だった。

「荻山理事長はあのふてぶてしさで手強《てごわ》そうだと思ったんですけど、安田調整官が意外なくらいに粘っているんですね」

「高峰検事にしたら一番の大番狂わせ違うかな。物領さん、安田調整官を見たことあるの」

「テレビで。直接にはまだ」

「印象は」

「クラスに大抵一人はいましたよね、ああいう人」

「うん。根の暗そうな、ひょろっとした秀才タイプ」

自分で口にしてから仁科は少し照れたように笑う。

「うん。タイプ」

「ええっ」

「そんな意外そうな顔せんとってよ。蓼食《たで》う虫も好き好きゆうやん。それにねえ、あんな頼りない末成《うらな》り瓢箪《びょうたん》が悪役レスラーみたいな高峰検事と丁々発止《ちょうちょうはっし》を繰り広げてるかと想像すると、オトメの萌《も》えをガンガン突いてくるんよ」

「ギャップ萌え、でしたっけ」

「わあ、惣領さんからそういう単語聞けるとは思わんかったなあ。せやけどね、これは職員としての立場を忘れたムチャ勝手な言い分なんやけど、あの安田調整官て人、見掛けと中身が全然違うよ。もちろん贈収賄なんか認めてしもうたら官僚人生終わってしまうから必死なんやろうけど、それにしても骨あるわ。最近の官僚なんて張子《はりこ》の虎くらいにしか見てへんかった自分を張り飛ばしてやりたい気分」

美晴は曖昧に頷《うなず》いてみせたが、実は仁科のような感想は少なくない。事務官の中には密《ひそ》かに安田にエールを送る者もおり、美晴自身もエールは送らないまでもその粘りに感心している一人だ。同じ公務員として許し難《がた》い罪を犯しているが、高峰相手にここまで頑張るとは誰も予想していなかったに違いない。仁科の顰《ひそみ》に倣《なら》えば、四回戦ボーイがチャンピオン相手に善戦しているようなものだった。

好奇心と罪悪感を綯《な》い交ぜにしながら仁科と話に興じているうちは平和だった。どんな重大事件であっても、自分の担当でなければ観客でいられる。最前列で観戦していれば時折リングの上から血飛沫《ちしぶき》が飛んでくるが、自分の身体《からだ》が傷つく訳ではない。

だが、こうした観客気分は長くは続かなかった。

この日の午後、不破はまた榊から呼び出された。

「今度は何の用件なんですか。不破検事もいい加減忙しいのに」

美晴の愚痴に付き合う素振りも見せず、不破は次席検事の部屋に向かう。ドアを開けた時、榊は露骨に非難がましい目を二人に向けてきた。

「余人を交えずと言ったはずですが」

「事務官同行の理由は先日述べた通りです」

「後になって証言が必要になるような話ではありません」

「それなら尚のこと、気に留めることもないでしょう」

「……これが君の常套手段なら、今後は腹を割った話ができなくなります」

「本音が建前を駆逐するような組織とは考えておりません」

榊は短く嘆息した。

「骨の髄まで頑固な男ですね」

「検察庁に勤める人間なら適材かもしれません」

「身内でなければ殴ってやりたいような物言いをしてくれますね。その事務官はどこまで信用できますか。カネで転びませんか。男で転びませんか」

あまりの侮辱に言い返そうとしたが、不破の方が早かった。

「そんなものに転ぶような事務官なら、わたしの扱いに九カ月も耐えられないでしょう」

「まあ、いいでしょう。掛けてください」

勧められて不破は応接セットのソファに座るが、当然のごとく美晴はその後ろに立ったままでいる。こうした扱いを受ける度《たび》、事務官は検事の付属品に過ぎないことを痛感する。慣習のようになってしまっているが、最近はこれこそが隠然たるパワハラではないかと考えるようになった。

「先日、特捜部に誘った件ですが、結論を言えば断ってくれて正解でした」

「何かありましたか」

「その特捜部を調べる羽目になりました」

不破の背中越しに聞いていた美晴は、一瞬理解不能に陥った。

「事情聴取が始まって以降、証拠物件の一部が改竄された可能性があります」

ふわ、と変な声が出た。どうやら我知らず口を半開きにしたらしい。美晴は慌てて自分の口を押さえる。

「今回の案件に限らず、証拠物件となる文書は原則として原本を押収《おうしゅう》しています。その原本に明らかな改竄の跡があります」

「具体的にはどんな文書ですか」

「近畿財務局の中で作成された決裁文書です。改竄の可能性が認められて、すぐ先方が保管していたコピーを確認させましたが、やはり同じ箇所が改竄されていました。改竄箇所に何が記載されていたかは不明ですが、おそらく有罪の決め手となる文言と思われます」

「部分改竄ですか。それともページ丸ごとの差し替えですか」

「言うまでもありません。ページ丸ごとの差し替えでした。そのために初見では改竄が見抜けませんでした」

「露見はどういった経緯でしたか」

「単純極まります。差し替えた部分だけ紙質が違っていました」

榊は意地悪く笑ってみせた。

「差し替え分を作成するのに焦ったんでしょう。文書の用紙まで統一することに注意が向かなかった。用紙のメーカーが異なっていたんです」

「用紙の色でも違いましたか」

「色は同じで見分けがつきません。違っていたのは感触です」

思い当たるフシがあったので、美晴は素直に感心する。特捜部に限ったことではないが、検察官には資料を読み込む能力が要求される。貸借対照表と損益計算書をはじめとした各種決算書、土地家屋の評価書、証券売買報告書。ところがどんな世界にも異能の持主が存在するもので、読み込み巧者の検察官の中には指触りで紙質の違いまで指摘する者がいるのだ。これも仁科から伝え聞いた話だが、件の検察官は学生時分に印刷屋でバイトをしており、紙質の違いについてはその時習得したらしい。

「芸は身を助くではないですが、こういう時に発揮してくれて助かりました。しかし一方、自ら窮地に追い詰めるような真似《まね》をしてくれました。改竄の内容とタイミングを考えると、外部の犯行とは思えません」

「近畿財務局の保管文書ですからね。改竄の機会があるとすれば近畿財務局の関係者、もしくは文書を押収した関係者のどちらかということになります」

「そうです。それで特捜部を調べなくてはならなくなりました。君を特捜部に行かせなかったのが正解と言ったのはそういう意味です」

「わたしに捜査しろという意味ですか」

「特捜部に任せられる問題ではありません。何しろ庁内の腕っこきは君以外、全員が特捜部の応援に駆り出されましたからね」

榊は自嘲してから首を横に振った。

「優秀な消防団員を集めたら、その本部で出火したようなものです。皮肉な話ですが、もう一つ別な皮肉もあります」

「証拠物件の改竄、ですか」

「その通りです。二〇一〇年の改竄事件で大阪地検特捜部の権威は失墜しました。今回の荻山学園問題は汚名返上に恰好《かっこう》の案件だったにも拘わらず、ここに来て改竄事件の再現です。マスコミが嗅ぎつける前に解決しないと、今度こそ大阪地検特捜部は完膚《かんぷ》なきまでに壊滅します。下手をすれば上から下まで検事職はごっそり他の地検関係者で占められるでしょう。言いたくはないですが、未曽有《みぞう》の危機というヤツです」

3

榊から特捜部の改竄疑惑を告げられた後も美晴の動悸《どうき》は収まらなかった。大阪地検を二度も巻き込む改竄事件。下手をすれば特捜部は部長から担当検事に至るまで処分される。特捜部の崩壊はそのまま大阪地検の権威が再び地に堕ちることを意味する。榊の危惧はまさにその一点に集約される。

ところが不破はとんでもないことを口にした。

「それは正式な命令ですか。あるいはチームを編成して調査に当たるという趣旨ですか」

いいや、と榊は言いにくそうに顔を顰める。

「正式なものではありません」

「それならお断りします」

「隠密行動は嫌ですか」

「内偵も隠密行動です」

「仲間に弓を引くのが嫌なのですか」

「不正を暴く行為が弓を引くことだとは考えていません」

「では何が気に食わないのですか」

「気に食わないのではなく、形式に拘《こだわ》っているだけです。命令された以上は成果を出すなり責任を取るなりしなければなりませんが、正式な命令でなければ責任の取りようがありません」

「内々に依頼するのです。敢《あ》えて責任を取る必要はないでしょう」

「責任を取らない仕事は仕事ではないと考えます。殊《こと》に我々検察官は」

榊は不破を睨んだまま短く嘆息した。

「何故《なぜ》、そうまで孤立したがるのですか」

「元より検察官は独立した司法機関です」

「もう、けっこうです。話は以上です」

榊は疲れた様子で窓の方へ身体を向けた。早く出ていけという合図だった。

「失礼します」

顔色一つ変えずに不破は回れ右をして部屋を出ていく。美晴は後を追うのに精一杯だ。

「不破検事。どうして次席検事の申し出、受けなかったんですか」

執務室に戻る最中、前を歩く不破に問い掛けたが、相手の返事は予想外のものだった。

「前にも言った。未決の案件がまだ溜《た》まっている。それに特捜部内の不手際なら、高峰主任検事が主導すれば早晩解決に向かうだろう」

不破は滅多に他人を褒めない。次席や検事正に対しても世辞一つ言わないくらいだ。その男が同僚の主任検事の力量に最大級の賛辞を述べている。

「不審そうな顔をしているな。言ったはずだぞ。そうそう感情を面《おもて》に出すな」

「あの、ちょっと驚いて。不破検事も人を褒める時があるんだなと」

「褒めてやしない。正当に評価しているだけだ」

怒るでも照れ隠しでもなさそうな口調だった。

「でも、あれだけ次席検事がお困りなのに。二度も断って、今後に支障とか出ませんか」

「支障とは何のことだ」

美晴は慌てて口を噤んだ。出世や贔屓《ひいき》など不破にとって何のモチベーションにも成り得ないのを忘れていた。

「特捜部の不祥事が長引けば、今度こそ大阪地検の権威は地に堕ちますよ」

「次席の話を聞いていなかったのか。不祥事が発覚して権威が失墜するのは特捜部であって大阪地検の話じゃない。混同するな」

「世間は二つとも同じだと思っています」

「君は、地検に勤める者全員が世間の評判を気にして仕事をしていると思っているのか」

「いえ、あの」

「司法に携わる者が風見鶏《かざみどり》の真似をしたいか」

喋れば喋るほど追い詰められていくような気がするので、遂《つい》に美晴は黙り込んだ。こちらから話し掛けない限り、不破は必要最小限しか答えようとしない。もっとも話し掛けても無視されることも少なくないのだが。

その代わり、改めて美晴は不破の人物評を信用したくなった。愛想も追従《ついしょう》も世辞もないので能力評価になってしまうきらいはあるものの、不破は高峰を高く評価しているようだ。不破が高評価している人物なら大丈夫だろうと思ってしまう。

だが、その予想も大きく引っ繰り返ってしまった。


翌日、出勤途中にネットニュースを見ていた美晴はその見出しを見て仰天した。

『大阪地検特捜部、またも証拠改竄』

変な声が出るのを堪《こら》えて記事を読む。

『十五日、荻山学園問題で捜査に当たっていた大阪地検特捜部において捜査資料の改竄疑惑が浮上した。関係者によると同事件を担当している特捜部主任高峰仁誠検事が近畿財務局の作成した決裁文書の一部を改竄したとのこと。政界を巻き込んだ疑獄事件になると予想された事件であり、高峰検事の行為はその解明に水を差すものだ。大阪地検特捜部は過去にも証拠の改竄を行った前例があり、汚名返上に努めてきた。今回の改竄が事実であった場合、その努力は灰燼《かいじん》に帰するだろう』

地検の秘匿情報が漏洩《ろうえい》したのも驚愕《きょうがく》だったがそれよりも唖然《あぜん》としたのが、報道が高峰を名指しで犯人扱いしていることだった。

記事のニュアンスではあくまでも「関係者」の内部情報らしいが、言い換えれば内部告発を意味している。つまり特捜部内もしくは特捜部に近い人間が高峰の背中に弓を引いたのだ。

スマートフォンを持つ手がぶるぶると震え出した。驚天動地《きょうてんどうち》などという普段は使いもしない言葉が頭を駆け巡る。決して大袈裟《おおげさ》な表現ではないと思った。美晴にとっては拠《よ》り所となる大阪地検が大揺れどころか地盤沈下しかねない話なのだ。

心臓が早鐘を打つ。

美晴自身が改竄に関与した訳でもないのに、周囲の目が自分を非難しているように感じる。被害妄想に過ぎないと思い込もうとしても、意識してしまえばもうどうしようもない。

不祥事を起こした組織の一員というだけで、こんなにも肩身が狭くなる。それこそ美晴の帰属意識が強いことの証明だった。

まるで針の莚《むしろ》のような電車を降り、小走りで合同庁舎の中に逃げ込む。建物の中に入った瞬間、心身ともに安堵《あんど》するのが自分で分かった。

ところがしばらく歩いていると、安堵は窮屈さに変化していった。廊下を歩いていても聴覚が鋭敏に周囲の音を拾う。

「聞きましたか、特捜部のニュース」

「ああ、聞いた聞いた。選《よ》りに選って高峰さんかよ」

「いっちゃん意外な名前出ましたね」

「これで大阪地検特捜部はお終《しま》いやな」

「特捜部総入れ替えになったら、ウチの検事が横滑りするんかな」

「ないない。それはない。同じ大阪地検の人間は信用できんゆうて、他の地検からやって来る。第一、その前に大粛清が始まるぞ」

検事や事務官の声はやけに浮ついている。元々、検察庁の中は確執と反目が渦を巻いている。検事もその下に付く事務官もエリート意識の塊《かたまり》で権勢欲を隠そうともしない。本人のいない場所では呼吸をするように陰口を叩く。それでも己の帰属する部署が危急存亡の秋《とき》となれば一致団結して事に当たるのが筋だろうに、彼らは相変わらず権謀術数に余念がないらしい。エリート意識とはほど遠い美晴は、失望とともに怒りを感じる。「検察官は一人一人が独立した司法機関」というのは不破からの受け売りだが、こんな時くらいは独立も何もないだろうと思う。

ニュースは当然、不破の耳にも入っているに違いない。何しろ自分が高く評価している高峰が改竄の張本人と報じられているのだ。さぞかし落胆しているか憤慨しているかのどちらかだろうと予想した。

「おはようございます」

「ああ、おはよう」

不破の顔を一瞥して拍子抜けした。いつもながらの能面だったからだ。

「あの、不破検事。ニュースはご覧になりましたか」

「何のニュースだ」

「高峰検事が文書改竄の犯人だって」

「それなら聞いている。朝イチで次席から連絡が入った」

榊から直接知らせが入ったのは、ニュースが全くのデマではないという証左だ。

「どうしますか」

わずかでも能面が崩れるのを期待していた自分に腹が立つ。そしてそれ以上に、高峰の背任に眉一つ動かさない不破に苛立った。

「不破検事が特捜部の不正を調べていたら、こんな風に内部告発される前に事態が収束したと思いませんか」

「次席が内部調査を打診してきたのは昨日の午後だ。ニュースが流れた時間を考えれば、今朝の早いうちにマスコミはネタを摑《つか》んでいたはずだ。間に合う道理がない」

「でも」

「そもそも内部告発の矛先が高峰検事に向けられたものなら、誰がいつ介入しようが同じことだ」

「じゃあ、これはただの告発じゃなくて高峰検事を失脚させるのが目的だったというんですか」

「仮定の話で推論を広げるな。誤認のもとになる。それより証拠物件の精査が山積している。くだらない世間話で時間を無駄にするな」

「くだらない世間話って」

「担当する案件以外の話は全て無駄話だ。その手の話がしたかったら、この部屋の外でし給《たま》え」

いくぶん独善的な響きはあるものの、言っている内容自体は正しいので反論できない。色々と問い質《ただ》したいのを堪えて、美晴は作業に着手する。

昼休憩に入り喫煙コーナーに赴くと、予想通り仁科の姿があった。

「おー、来たな、惣領さん」

やはり話し相手を探していたらしい。

「こんな話、惣領さんとしかできひんしね」

「高峰検事の件ですよね。廊下を歩いている時もあちこちから声が聞こえました」

「廊下でさえ洩れ聞こえるんやから、上の階は大騒ぎよ」

仁科は天井を指して苦笑いする。

「事務局も朝から大変や。マスコミ各社からの問い合わせは殺到するわ、部長連中は全員呼び出されるわ、検事正と次席はどっかに雲隠れするわ」

「まさか。検事正と次席が不在なんですか」

「不在と違《ちご》うて、検事正の部屋に閉じ籠《こ》もって密談してんねん。外部からの連絡を一切遮断して、ケータイも繋《つな》がらへんのよ」

「この期《ご》に及んで何の密談をしているんですか。ニュースはもう流れているのに」

「この期に及んでるからこその密談やないの」

仁科は人差し指を振ってみせる。

「前回の改竄事件の際にはすったもんだした挙句、最終的には最高検が乗り込んできた。今回、二回目やからね。待ったなしで最高検がやって来る。二人の密談はそれに備えての口裏合わせと違うかな」

「何の口裏合わせですか」

「『わたしたちは何も知りませんでした。問題は全て特捜部内で発生したことです』」

「知らぬ存ぜぬって。それじゃあトカゲの尻尾切りじゃないですか」

「尻尾切りゆうか特捜部長にも累《るい》が及ぶやろうから、まあ下半身ずっぽりやね」

「そんな。特捜部総入れ替えなんて」

「二度目の証拠改竄やから、それでも生温《なまぬる》いと思う人はおるやろね。せやけど検事正としたら特捜部総入れ替えになっても、次席や三席、それ以外の検事と事務官さえ護ることができたら御の字やないの。文書の改竄が発覚した時点で大阪地検の権威が地に堕ちるのは確定。後は撤退戦でさ、どう終わらせるかが課題になってくる」

「……もう、そんな先まで考えているんですか」

「いや、これはあくまでわたしの当て推量。せやけど当たらずとも遠からずやないかなあ。迫田《さこた》検事正くらいのタヌキなら当然その程度は考える。せやなかったら大阪地検のトップなんて務まらんよ」

以前、一度だけ検事正の部屋で迫田本人を見たことがある。不破の背中越しだったが、親分肌のタヌキ親爺《おやじ》という印象が強い。確かにあの人物なら大を生かすために小を切り捨てるくらいは平気でやるだろう。

「肝心の高峰検事はどうしているんですか。まだ記事の内容が真実と決まった訳じゃなし、自ら身の潔白を証明すればいいじゃないですか。それとも、もう改竄したのを認めてしまったんですか」

「それがな、高峰検事も特捜部長もやっぱり雲隠れや。事務局が事実確認を兼ねて再三連絡しとるけど、二人とも連絡つかず。まあ、庁舎内にいることは間違いないんやけど」

つまり検事正と次席検事が、また一方で特捜部長と主任検事が揃って雲隠れということになる。尻尾を切る側と切られる側がともに口裏合わせをしているのを想像すると、大阪地検という組織も何やら伏魔殿の様相を呈してきたような錯覚に陥る。

「不破検事、次席が二度も依頼したのに特捜部への捜査を断ったそうやね」

思わず仁科の顔を見た。

あの場のやり取りは榊と不破、そして傍観者だった美晴三人だけしか知らないはずだ。それなのに何故、仁科が公然の事実のように話し出すのか。

「何よ。鳩が豆鉄砲食らったような顔を……アカン、この喩《たと》えでは歳《とし》がバレる」

「ななな何で仁科課長がそんなことを知ってるんですか」

「知ってるゆうか、これも当てずっぽう。次席が不破検事を呼びつけたんと、特捜部の不祥事が事務局に洩れた時期を考慮したら、次席が不破検事に身内の調査を命じたとしか思えん。二回続いたのは最初に断られたんやろうし、不破検事の気性考えたら、まあ上の命令で同僚の不手際を責める気にはなれんやろね」

美晴はじっとりと手汗を掻く。仁科は自分より以前に不破と知り合っているからそうした推論を展開できる。翻《ひるがえ》って美晴は不破付きの事務官になって一年目なのだが、仁科よりはずっと長い時間不破と一緒にいる。仁科以上に不破の人となりを把握していなければいけないはずなのに、仁科に一日の長があるのは我ながら情けない。

「結果論やけど、不破検事が次席の申し出を断ったんは大正解や。もし内部調査に着手してたら、お前は改竄に気づかんかったんかってとばっちり受けてるところや」

「でも次席から調査を依頼された日には改竄の事実がマスコミに洩れていたんですよ」

「それ、あんまり関係ない。少なくとも外部にはね。おそらく今回のことでは特捜部に関わった者全員が大なり小なりの迷惑をこうむると思うよ。特捜部を調べてたのに何で改竄に気づかんかった。さてはお前も一枚嚙んどったやろ、てなもんでさ」

「完全な濡《ぬ》れ衣《ぎぬ》じゃないですか」

「事情を知らん人間なら、そう疑う人かておるよ。最初から特捜部と距離を置いてた不破検事が賢かったというんは、そこ」

仁科の話を聞いていると暗澹《あんたん》としてきた。

「これから、どうなるんでしょうか」

「最高検と大阪地検のせめぎ合い。問題の発覚した藩に公儀が出向いてお家取り潰しを画策、対する藩は面従腹背《めんじゅうふくはい》で何とかやり過ごそうとする……あー、この喩えもメッチャ古いわー」

仁科の予言は苛烈《かれつ》に聞こえたが、これは後に美晴の方が世間知らずだったからと判明した。

「ただねえ、検事正と次席が考えてんのはきっと善後策だけと違うよ」

「他にもあるんですか」

「犯人探し。誰が高峰検事を刺したか。こっちの捜査も同時進行でやると思う」

「でも内部告発で証拠改竄が発覚したのなら、結果オーライみたいなものじゃないですか」

「世間的にはそうやろうけど、検事正にしてみたら何で上司に報告せんと外部に洩らすんやって話」

「あ……」

「上に報告さえ上げていたら内々で処理できたものを表沙汰にされた。お蔭で大阪地検全体が非難の的にされる。冤罪《えんざい》憎しの人たちには正義の味方かもしれんけど、大阪地検にとっては裏切り者やからね。やったことの是非はともかく、やり方に怒っているのは検事正だけやないと思う」

「でも内部告発した人間を罰したりしたら、それこそ非難囂々《ごうごう》ですよ」

「あのな、惣領さん。役人の世界ってなあ、表面上は罰に見えない処刑の方法なんていくらでもあるんよ」

仁科はしれっと怖《おそ》ろしいことを口にする。

「組織に正義の味方は要らん。要るのは命令と組織防衛に忠実な人間やからね」

すると一人の男の顔が浮かんだ。

「じゃあ、不破検事は何なんでしょうね。検事は次席からの要請も断っているし、組織防衛に熱心にも見えないし」

「不破検事かて、ある意味獅子《しし》身中の虫よ。ただ虫は虫でもメチャクチャ有能で体内の雑菌食い尽くすようなタマやもん。上層部にしたら回虫みたいなもんやから飼っておいて充分なメリットがある」

あの能面を回虫扱いとは、仁科も剛の者だと思った。

一瞬、不破が内部告発の主ではないかという疑いが頭を過《よぎ》ったが、すぐに自分で打ち消した。

自分の案件を消化することに専念し、しかも高峰検事を買っていた不破が選りに選って内部告発などするとは思えない。そもそも不破が特捜部に立ち入っていないのは、同じ部屋で仕事をしている美晴が一番よく知っている。

こうして大阪地検内部は動揺と権謀が交錯していたが、一歩庁舎の外に出れば所詮は内輪揉め程度に過ぎないことが分かる。二度目の証拠改竄、普段よりお上嫌いが顕著な大阪市民がこれを看過するはずもなく、在阪地方紙とテレビ局は挙《こぞ》って大阪地検に非難の目を向けた。

『改善されなかった体質』

『冤罪の巣窟か』

『問われる司法改革』

『地検検事、贈収賄に関与か』

各局のワイドショーは例外なくトップに改竄事件を持ってきた。度重なる不祥事にキャスターもコメンテーターも険しい顔と意見を寄せる。大阪地検からの正式な発表なり会見なりはないものの、彼らにとっては内部告発だけで充分だった。

街の声もキャスターたちに負けず劣らず苛烈だった。

『ええっ、またですか。大阪地検も懲りんなあ。いっそ検事連中、全員取っ替えたったらええのに』

『これって荻山学園絡みなんでしょ？　やっぱり官僚同士で庇《かば》い合うことが横行しとるんですなあ』

『許せませんよね。犯罪者を訴える立場の人間が犯罪しているんだから、そんな人とっとと辞めてほしいわ』

『文書改竄も二回目やからね。前回のテコ入れが結局は何にもならんかったちゅうことです。もう大阪地検、解体した方がええん違いますか』

朝の第一報が出ただけで、はや市民の声は懲罰の方向に傾いていた。これで第二報第三報、いや高峰検事逮捕という局面を迎えれば事態は更に紛糾するだろう。

帰宅途中の電車の中、いつしか美晴はネットニュースを閉じた。検索して新しい情報を漁《あさ》るのもやめた。

登庁時に感じた肩身の狭さが一層募る。まかり間違っても自分が地検の関係者と知られたくないと、着衣や持ち物を確認してみる。情けない。事務官に採用が決まった時にはあんなに晴れ晴れとした気持ちだったのに、今日は身が縮まるような思いだ。

せめて高峰検事への内部告発が何かの間違いであるのを祈るしかない。あるいは第一報が誤報であり、明日にでも訂正記事が載ることを――甘い考えだ。美晴は頭《かぶり》を振って妄想を払い除《の》ける。検事正と次席検事が密談をするくらいだ。おそらくニュースになる以前に記事の概要は把握していたに違いない。つまり根も葉もないでまかせでないことの証左だ。

信頼を失うのは一瞬、取り戻すのは一生という言葉がある。それが真実なら、今回大阪地検が信頼を取り戻すには何十年何百年の年月が必要なのだろうか。

翌日、朝から合同庁舎には不穏な空気が漂っていた。緊張と怯懦《きようだ》、恥辱と好奇の入り混じる一種異様な雰囲気。

美晴が登庁するのとほぼ同時刻に到着したので、偶然彼らの一団を目撃することができた。四人組の男たちで先頭を歩いているのが責任者なのだろう。歳は四十代後半、検察官というよりは官僚という雰囲気を纏《まと》った男で、鋭さの代わりに抜け目のなさと融通の利かなさを思わせる顔立ちだった。後について歩く者も同様で、ひと言で言えば面白みのない風采だ。

ただしその中で一人だけ異彩を放つ者がいた。融通の利かなさは他の者と同じだが、眼光がやけに鋭い男だった。

男たちには異様な威圧感があり、廊下の向こう側から来る者がわざわざ道を空ける。まるで海を分かつモーゼのようだと思った。彼らこそ東京から派遣されてきた調査チームの一団だろう。

執務室の不破は員面調書の読み込みに余念がなかった。まさか最高検も抜き打ちでやって来るとは思えない。当然アポイントを取っているはずであり、大阪地検側の了解を取っているなら不破たち担当検事にも来訪の目的は伝えられていると思われる。

「さっき、廊下で見知らぬ人たちと出くわしました。警備員のチェックも通過していたので検察関係者だと思います」

「最高検だ」

不破は調書から視線を外さずに答える。

「どうして不破検事がご存じなんですか。あの人たち、さっき到着したばかりなのに」

「君が帰った後、次席から経緯の報告があった。派遣されてきたチームの責任者は最高検刑事部の折伏《おりふし》検事だ。名前くらいは憶《おぼ》えておいた方がいい」

「経緯って、高峰検事が本当に改竄したのかどうかの説明もあったんですか」

「どうしてそんな説明があると思う」

「え。でも」

「改竄があったかどうかを調べるために調査チームが派遣されてきたんだ。まだ結論は出ていない。

結論の出ていない事項が説明されるはずもない」

不破の物言いを聞いていると、自分がまるで軽率な野次馬のように思えてくるから堪《たま》らない。何を喋っても藪蛇《やぶへび》になりそうなので、美晴は口を閉じて証拠品の受理作業に着手する。

三時間ほど経った頃、ドアをノックする者がいた。美晴が把握している限り、この時間帯の面会約束はないはずだった。

「どうぞ」

不破の許可で入ってきたのは、何と先ほど廊下で目撃した眼光の鋭い男だった。

「岬《みさき》検事」

今まで調書から目を離さなかった不破がすっくと立ち上がる。この男にしては珍しい挙動だったが、もっと驚かされたのが訪問者の名前だった。

岬恭平《きょうへい》、東京地方検察庁次席検事。〈東の岬、西の榊〉あるいは〈鬼の岬、仏の榊〉として榊とともに司法関係者に知れ渡っている人物ではないか。

瞬間、何故岬と顔見知りなのかと訝《いぶか》ったが、すぐに不破の前任地は東京地検だったのを思い出した。

「久しぶりだな」

岬が近づくと、不破もまた机から離れて応接用の椅子に誘《いざな》う。だが、岬はこれを固辞した。

「ただ挨拶に来ただけだからこのままでいい。長話は検事も迷惑だろう」

「ええ」

思わず肘で小突いてやりたくなった。ここは社交辞令で躱《かわ》す場面だろうに、相変わらず目上の者への気配りが欠如している。

「最高検からチームが寄越されるのは知っているな」

「昨日、聞きました」

「わたしもチームの一員だ」

「東京地検からも参加ですか」

「最高検が決めたメンバーだ。選ばれた理由はわたしにも分からん。分かるのは最高検が相当危機感を抱いているということだ。意味は分かるな」

「二度に亘る証拠物件の改竄は当該者個人に帰する問題ではなく、大阪地検特捜部ならびに大阪地検の組織的な体質なのではないか。そういう趣旨ですか」

「そう公言している者もいると聞く。しかも世間を騒がせている荻山問題のさ中だ。検察が権力に擦り寄ったというイメージは最高検も避けたいところだろう」

岬の言わんとしていることは美晴にも理解できる。この局面で大阪地検特捜部への追及を緩めたと見られることは、検察全体が政権に忖度《そんたく》しているという印象を与えかねない。いきおい特捜部へのメスの入り方も、改竄が確定した後の処分も一層苛烈なものになるという意味だ。

「不破検事の目から見て高峰検事というのはどういう人物かね」

「わたしの人物評が調査の材料に成り得ますか」

「個人の資質は大概他人からの人物評に立脚するものだ。聞いておいて損はない」

「特捜部主任検事として有能な人物だと思います」

「それは能力としての評価だろう」

「性格・気質については存じません。深く話したこともありませんから」

「未だに誰ともつるまずか」

「検察官同士でつるむ必要もないでしょう」

「しかし同じ職場の同僚が背任行為を疑われている。それに対して思うところはないかね」

「仮に思っていたとして、それを表明する意義が見当たりません。捜査が正式な手続きに則《のっと》って行われるのならば、そこに周囲の思惑や同情が介在する余地はありません」

「……まあ、いい。大変参考になった。ありがとう」

大して感謝する風も見せず、岬は踵《きびす》を返す。そしてドアの前で一度だけ振り返った。

「今後も色々と質問すると思うが、よろしく」

岬が退出すると、不破は何事もなかったかのように調書のチェックを再開する。

たちまち美晴の頭には訊《き》き出したい項目が五つほど浮かぶが、訊いたところで冷たくあしらわれるのは分かっている。危機感と好奇心が綯い交ぜになった思考をいったん奥に押しやり、不破と同様に作業を再開する。


もはや美晴にとって総務課長なのか広報課長か判然としなくなった仁科だが、やはり彼女の地獄耳は傾聴に値《あたい》する。

「調査チームに東京地検の岬次席検事が入ってんのは、言うまでもなく最高検の思惑らしい。最高検刑事部ばかりか地検のナンバー2を参加させてんのは、最高検が本気ゆうのを内外に知らしめるためよ」

「岬検事は切り札ということですか」

「次の異動では高等検察庁次席検事、その次は東京地検検事正のポストが約束されてる超のつくエリート。しかもただのエリートと違うて一度は左遷の憂き目に遭いながら、それでも這《は》い上がって出世街道に帰還した不屈の男。実務に秀でているのも高ポイント」

エリートというよりは叩き上げの印象が強かったのはそういう理由か。

ところが仁科はこちらを覗き込み、見透かしたようににやにや笑う。

「あの顔はエリート違う、ゆう顔してるね」

「いえ、そんな。滅相《めっそう》もない」

「あのね、ここだけの話、本人は公表したがらへんみたいやけど、岬検事の家庭ってエリート一家なんよ。惣領さん、こないだのショパン・コンクールでファイナリストになった岬洋介《ようすけ》ってピアニスト知ってる？」

「そりゃあ知ってますよ。〈五分間の奇跡〉。彼の演奏で交戦中のタリバン兵が戦闘を中断したって、パキスタン大統領のコメントと一緒に全世界にニュースが……あああっ、岬って」

「そう。あの岬洋介の父君が岬検事」

「全っ然似てないじゃないですか。あっちはまるで少女マンガから抜け出てきたような貴公子なのに、父親の方は」

その先は喉の奥に呑《の》み込んだ。

「きっと母親似なんやろね。まあそれはともかく、当分は庁舎内で岬検事とすれ違うこともあるやろうから、あの容姿端麗なピアニストの嫁の座を狙うんなら精々《せいぜい》印象を良うしとかんとね」

美晴はぶんぶんと首を横に振る。エリート一家に興味はあるが、ファミリーの一員になりたいなどとは露ほども思わない。

「チームの責任者は折伏検事やけど、今日付けで大阪地検検事事務取扱に任命されたよ」

「仁科課長。それって」

「うん。これで折伏検事は大阪地検のどこにも行き来が自由やし、堂々と事務局の懐にも手を突っ込める。前回の改竄事件をその辺は踏襲してるよね」

仁科は苛立ちを隠そうとしなかった。いくら最高検の指示があったとしても、自分たちの庭がよそ者に踏み荒らされるのは腹に据えかねるのだろう。

「そうゆう訳でさ。しばらくはここも居心地悪うなるけど、我慢しよな」

「しばらくってどれだけかかるんでしょうか」

「全ては高峰検事にかかってるよ。あの人がいつ落ちるか、粘るか、それとも見事身の潔白を証明するか」

「そう言えば、高峰検事はどこにいるんですか。報道が出てから庁舎では一度も見掛けないんですけど」

「昨日までは特捜部長、今日からは検事事務取扱さんの籠の鳥。別室で延々取り調べされてるんよ」

「仁科課長は高峰検事が改竄したとお考えですか」

今度は仁科が激しく首を振った。

「わたしも高峰検事のことは信用したいよ。せやけど、魔が差すなんて誰にでもあるし、高峰検事って結構人間味溢《あふ》れる人やから」

唐突に不破の顔が浮かんだ。人間味という点ではあれほど縁遠い男はなく、どんな人間に頼まれても己の筋を曲げそうにもない。本来であれば敬遠されがちの性格が、こういう場合に有利に働くのは皮肉としか言いようがなかった。

4

もちろん美晴にそんな経験はないが、他国に占領された国民というのはこういう気持ちなのだろうか。折伏たちが来てからというもの、庁舎内の空気は明らかに重くなった。彼らは彼らで別室に閉じ籠もり、国有地払い下げに関する捜査資料を読み耽《ふけ》っていたり高峰の事情聴取をしたりで姿を見掛ける機会は少ないのだが、威圧感と敗北感が四方から迫ってくる。たまにチームの一人が廊下を歩いていようものなら、特捜部には無関係な職員でさえが視線を逸《そ》らせる始末だ。

別室の高峰が何をどう訊かれているのか、詳細については仁科の耳にも入ってこないようだった。そもそも近畿財務局作成の決裁文書のどの部分が改竄されたかも明らかになっていないのだ。よほど情報が管理されているのか、証拠改竄についての第二報は未だにどこの社からも出ていない。告発者に更なる情報がないのか地検内部によって動きを封じられているのかは不明だが、いずれにしろマスコミは膠着状態に陥っていた。それでも最高検から調査チームが派遣された事実は各紙の司法記者がニュースに流したので、傍《はた》からは事件が動いているように見えた。

そんな中でも聡《さと》い報道機関も稀《まれ》にあり、ある全国紙は「高峰検事の改竄疑惑によって荻山学園の問題が棚上げになっている感がある」と警告を発していた。しかしこれは警告というよりも単なる現状認識であり、今まで国有地払い下げを捜査していた担当者自らが被疑者になっているのだから本体の捜査が足踏みになるのはむしろ自明の理だった。

特捜部の人員不足で荻山学園問題の解明が遅れ、それも大阪地検の責任と非難される。地検に勤める者にすれば踏んだり蹴ったりだが、指摘されていることに間違いはないので頭《こうべ》を垂れる以外にない。

特捜部の人員不足がこのまま続けばどうなるのか――直接の関係がないとはいえ、美晴も行く末を案じていた。だがいち事務官が思い悩んでみても事態が好転するはずもなく、自身の非力さを改めて思い知るばかりだ。

昼休憩になったので、つらつら思いながら一階の食堂に向かう。最高検のチームは店屋物を取っているらしいので、少なくとも食堂では彼らの顔を拝まなくて済む。

B定食を受け取って空いているテーブルに腰掛ける。ワンコイン五百円で、揚げ物二点と焼き魚、サラダに味噌《みそ》汁つきというのは有難い。

いただきます、と手を合わせた時だった。

「相席、いいかね」

正面からの声に反射的に「どうぞ」と答える。ふと顔を上げて驚いた。目の前に腰を下ろしたのは全く予想外の人物だった。

「岬次席検事……」

慌てて立ち上がりかけたのを片手で制された。

「他のテーブルはいっぱいだ。退く必要はあるまい。それともこんなオヤジと相席はご免かね」

「そんなことはありません」

「じゃあ座ってゆっくり食べよう。我々の世代は昼食五分などという悪癖に染まっているが、惣領さんのようなお嬢さんたちはそうではないだろう」

「どうしてわたしの名前をご存じなんですか」

「不破検事付きの事務官には興味があるから事務局に問い合わせた」

岬は喋りながら刺身定食に箸をつける。ひと口咀嚼《そしやく》して呑み込むと少し驚いたように唇を窄《すぼ》める。

「ほう」

「どうかしましたか」

「いや東京地検のある合同庁舎の食堂にも同じメニューがあるんだが、こっちの方が百円安くてしかも美味《うま》い」

肩書と風貌に似合わぬ言葉に、つい頬が緩んだ。

「何かおかしなことを口にしたかね」

「失礼しました。次席検事なのにすごく庶民的なことを仰《おつしや》るので」

「庶民的も何も三食のうち二食は庁舎の食堂で摂《と》っている。食べているものは事務官さんたちと同じか、下手すりゃもっと倹《つま》しい」

「そんなイメージは全然ないです」

「印象で人を見てはいかんよ。そもそも公僕の身分だ。徒《いたずら》に飽食していたのでは納税者に合わせる顔がない」

この場で繕《つくろ》った美辞麗句でないのは口調で分かった。

「不破検事もここを利用しているのかね」

「いえ、不破検事は大抵執務室で昼食を摂るので」

「相変わらず不摂生な食生活だな……しかしもったいないな、ここに働いていながらこの食堂を利用しないとは。本当に美味い」

自分がこしらえたものではないのに美晴は不思議に誇らしい。初対面の印象とは裏腹に、話してみれば意外に気さくな人物と分かる。

「質問してもいいですか」

「構わんよ」

「偶然、相席になった訳じゃありませんよね」

「ああ。君ならここにいるらしいと聞いたからな」

「どうして昼食時に。岬次席ならわたしみたいな事務官はいつだって自由に呼びつけられるじゃないですか」

「人間は飯を食べる時と裸でいる時は不思議に嘘を言わないものでね……あ、いや。これはセクハラじみた発言だったな。忘れてくれ」

慌てぶりが可愛《かわい》かったので思わず苦笑してしまった。

「ということはわたしから本音を訊き出したいんですね。いったい何を訊くおつもりだったんですか」

「他でもない。不破検事のことだよ」

やはりか。よく考えなくても東京地検の次席検事がいち事務官に興味を持つはずもない。

「本人に直接訊くのが一番の早道だと思いますけど」

「彼の事務官とは思えない助言だな。小耳に挟んだのだが、あの男は大阪地検では〈能面〉と綽名《あだな》をつけられているそうじゃないか。そんな二つ名で呼ばれるような男が容易《たやす》く胸襟《きょうきん》を開くものか」

「あの、不破検事は以前、次席検事と同じ東京地検だったんですよね」

「同じフロアにいたのは一年きりでね。気鋭の若手がいるというのでいつかサシで呑みたいと思っているうちに転勤になった」

不破の転勤については以前に仁科から顛末《てんまつ》を聞いている。まだ能面ではなかった不破が被疑者にいいように踊らされ、証人の一人と事件解決の手段を失ってしまった事件だ。大阪地検への異動は単なる転勤ではなく明確な左遷だった。また不破が能面を決め込むきっかけとなった事件でもある。

「その顔は、転勤の経緯も知っているという顔だな」

慌てて自分の顔に手をやる。不破や仁科のみならず知り合って間もない岬にすら内心を読まれるとは、いったい自分の表情筋はどれだけ活発なのだろう。

「あの事件は東京地検の黒星だった。それを彼一人の責任に転嫁してしまったきらいは否めない」

「次席検事では助けられなかったのですか」

口にしてからしまったと思ったが、もう遅かった。

怖々覗き込んだが、予想に反して岬は気にしていないようだ。

「次席という立場でもできることとできないことがある……当時はそれを免罪符のように唱えてい

たが、今にして思えば噴飯ものだ。要はわたしに甲斐性《かいしょう》がなかっただけの話でね。その点では未だ不破検事に対して罪悪感めいたものがある。ところで不破検事はあの事件について自分から話したのかね」

「いいえ。その事件どころか自分に関することは何一つ。未だに家族構成すら聞いたことがありません」

「徹底してるな」

岬は感心したように言う。

「そんな風では地検の中で孤立するだろうに。まあ検察官というのは元々独立しているから必然と言えば必然だが」

「誰に何を言われても自分の流儀を貫こうとしています」

「遠く離れた東京地検にも噂くらいは伝わってくる。大阪地検のエースと謳われているのなら、その流儀も正解なのだろうな。ついでに大阪府警の不祥事も彼が単独で暴いたということだが、本当かね」

捜査資料大量紛失事件に関しては美晴も当事者の一人だ。ここぞとばかりに経緯を詳しく説明すると、岬は満足そうに頷いてみせた。

「〈能面〉の面目躍如ということか。それだけ外圧や忖度に無縁な流儀なら心配も不要だな」

驚いたことに、美晴がまだ半分も箸を進めていないのに岬は皿の上をすっかり平らげていた。昼食を五分で済ませるというのは冗談でも話のネタでもなかったらしい。

「事務官の君には伝えておこう。高峰検事の件だ」

反射的に背筋が伸びた。

「東京からチームを組んでやって来たが、それでも単独では聴取できる範囲が限定されてくる。地の利も無視できない。ここだけの話、高峰検事も強情でね。よそ者の我々にはなかなか気を許してくれない」

前触れもなく聴取に当たっている本人から情報がもたらされたので狼狽《ろうばい》した。

まだ高峰は自供に至っていない。折伏以下調査チームの聴取に耐えているらしい。

「おそらく何らかのかたちで不破検事に頼ることになると思う。もちろん惣領さんにもだ。その際はよろしく」

そう言うと、岬は盆を抱えて席を立っていた。

「待ってください。どうして不破検事本人に言う前にわたしに根回しみたいなことをするんですか」

「彼の流儀ではそれこそ根回しを一番嫌うだろう。君からは不破検事の現状について有用な話を聞かせてもらったから、いわば等価交換だ」

「それだけですか」

「あの男の一番身近にいる者、あの男の真意を測れる者は事務官の君だけだからな」

そう言い残して岬はさっさと立ち去ってしまった。

後に残された美晴がすぐに感じたのは、折角の機会だったのにどうして子息である天才ピアニストのプライベートを訊き出さなかったのかという場違いな後悔だった。

もやもやした気持ちのまま昼食を終え執務室に戻ると、案の定不破は仕事を始めていた。

「今、食堂で岬次席検事と会いました」

後で知られるのも気が引けたので前もって伝えたのだが、やはり不破の反応は薄い。「そうか」と言ったきりで、こちらを見ようともしない。

「色々と不破検事のことを訊かれました」

「そうか」

「何を訊かれたのか興味ありませんか」

「わたしの仕事ぶりはどうかとか普段は事務官に何を話すのかとか、大方その程度だろう」

「……どうして分かるんですか」

「岬次席検事の常套手段だ。飯に誘って食べながら相手から訊き出す。食事中は気が緩むから本音を引き出しやすい」

「じゃあ、わたしがどう答えたか気になりませんか」

「ならん。そもそも君に建前と本音があるのか」

まるで子供扱いだが、確かに両方を上手《うま》く使い分けた覚えはない。喋れば喋るほど追い込まれそうな予感がしたので、美晴も口を噤む。

しばらく無言で作業を続けていると、卓上の電話が鳴った。

「はい、不破です。……承知しました」

不破は誰からの電話でも素っ気ない反応なので、相手が分からない。

「呼ばれた。榊次席の部屋へ行く」

ともに作業を中断して榊の執務室に赴く。今月に入って榊から呼び出しを食らうのはこれが三度目だ。用件は高峰検事の改竄事件か荻山学園問題のどちらかだろう。

榊は普段よりも不機嫌そうな顔で待っていた。

「多忙のところを申し訳ありません」

言葉の端々に険がある。過去二回に亘って申し出を断られた嫌味にしか聞こえなかった。

「呼ばれた理由に見当がついていますか」

「さあ」

「前回もお話ししましたが、高峰検事の改竄事件について調査してください。ただし今回は検事正からの正式な命令です」

美晴はわずかに身体を硬直させる。通常、担当検事に対する案件の割り振りは次席の業務であり、検事正が関与することは滅多にない。検事正からの命令というのは別格だった。

「形式に拘ると言っていたから、そうしました。何なら辞令を発行しても構いませんが」

「それには及びません。正式な命令であるなら」

「もちろん単独で調べろという内容ではありません。不破検事には最高検から派遣されてきた調査チームに加わってもらいます。高峰検事はどうして改竄に手を染めたのか。その動機と背後関係の解明に努めてください」

やはりか。

何らかのかたちで不破に頼ることになる——先刻の岬の言葉は予告だったに違いない。

「東京地検時代は岬次席検事と一緒だったようですね」

「一緒だったのは一年足らずでした」

「一年足らずでも気心の知れた仲でしょう。今回の命令も、実は調査チームからの指名です。是非とも不破検事の協力を仰ぎたいと」

「恐縮です」

「岬次席検事があなたの手腕を買って推薦したのでしょう。持つべきものは縁ですね」

これもまた皮肉に塗《まみ》れた言葉だった。普段から孤立気味になっているので、以前の上下関係を持ち出されやすい。

「ともあれ初対面ではないから意思疎通も問題ないでしょう。よろしくお願いします」

「承知しました」

「そしてこれは言わずもがなですが、判明したこと、チームでどのようなやり取りがなされたのかは逐一報告してください」

不破が黙っていると、榊は重ねて言う。

「高峰検事の改竄事件は大阪地検にとっても由々しき問題です。本来であれば調査チームが明らかにする前に、こちらで把握しておきたい。だが現状はそれが叶《かな》わない。せめて同時進行で進捗を知りたいのです」

「それも検事正からの命令ですか」

「そう考えてもらって結構です。何か問題がありますか」

あからさまな言葉の応酬はないが、要はスパイ行為を強要されているに等しい。前回依頼されたことと内容は同じであり、ただ調査チームに組み込まれたのだから内偵が容易になったというだけの話だ。

また拒否するのだろうか——案じているのも束の間、不破はすぐに口を開いた。

「報告する内容についてはいったん吟味させていただきます」

榊は片方の眉をぴくりと動かした。

「どういう意味ですか」

「不確かな情報をあれもこれもと報告したのでは受け取る側も混乱します。精査された確定情報なら最低限の誤認も防げます」

「わたしとしては全ての情報が欲しいのですがね」

「調査チームが結論に採用するのは確定情報だけです。調査チームの動きなり方針なりを把握するのであれば、未確認情報は誤導の原因になりかねません。わたしも責任を負えません」

榊の眉間の皺《しわ》が深くなる。〈責任〉の二字を出した時点で、不破は有利になった。調査チームとは別の思惑で命じることだから当然に引け目がある。責任を問われれば榊は譲歩するしかない。

「結構です。不破検事の判断に任せましょう」

「失礼します」

長居すればするほど無茶な要求をされるとばかりに、不破はさっさと話を切り上げて退出する。

美晴が間際に一瞥すると、榊は憤懣《ふんまん》を唇の端に溜めているように見えた。

廊下を歩く不破の背中に向かって話し掛ける。

「これで隠密行動になってしまいますね」

「何のことだ」

「だって調査の進捗状況を報告しなきゃならなくなったんですよ。言い方はアレですけど、岬次席検事の信頼を裏切ることになりませんか」

「榊次席に報告する旨は事前に岬次席にも伝えておく。何の問題もない」

「それじゃあスパイにならないじゃないですか」

「誰がスパイをすると言った。言質《げんち》も取った。報告するのは報告して構わないと判断した情報だけだ」

この期に及んでやっと美晴は合点した。思えば捜査資料大量紛失事件でも、不破は最後の最後まで己の推論を口にしようとはしなかった。

今回、東と西の上司に挟まれながらも自分の流儀を貫くつもりなのだ。

二　介入許すまじ

1

翌十八日には、不破が調査チームに合流することが正式にアナウンスされた。もちろん大阪地検内部に向けた限定的なアナウンスであり、マスコミ向けに発表する予定はないとのことだった。

奇妙な経緯で東西の検察庁双方に目配りしなければならなくなったが、思い悩んでいるのは美晴一人で不破本人は至って平然としていた。もっとも顔から感情が読めないのでそう見えるだけの話で、内心は本人以外誰にも窺《うかが》い知れない。

榊次席から指示をされたのは昨日の昼過ぎだったが、その後の不破の仕事ぶりが凄《すさ》まじかった。普段でも脇目も振らないというのに、まるで長期休暇直前のような仕事量をこなし始めたのだ。美晴の業務は送検された案件のチェックなので、不破が要求する限りそのペースに合わせなければならない。お蔭で午後の業務は息吐く暇もなく、庁舎を退出できたのは日付が変わってからだった。

尋常でない進行は今朝も続いた。案件チェックのみならず、検事調べも午後の分を前倒しして二件増しだった。スケジュール調整を担う美晴は、そこでも負担を強《し》いられた。

不破が一日分の仕事を半日で消化しようとしている理由は説明されるまでもない。調査チームに参加し、高峰の文書改竄の捜査に時間を割《さ》かれるのを想定しているからだ。

「文書改竄の調査が早急に終結しないと、どうしても日々の業務に支障が出ますね」

激務が続くと口が緩む。洩らした言葉は自《おの》ずと不平不満になる。しまったと思い不破の方を見るが、この能面は美晴の愚痴など一顧だにする気配もない。

ふと美晴は心配になる。業務過多になったといっても、所詮美晴の仕事は補佐に過ぎない。一番しわ寄せを食らっているのは、やはり不破なのだ。

「検事は大丈夫なんですか」

ようやく不破が反応を示す。

「何の話だ」

「だから、業務過多で色々支障が出るんじゃないかって」

「固辞するべきだったと思うか」

「検事はこれを予測していたから、最初は断ったんじゃないんですか」

「予測じゃない」

ぶっきらぼうだが言わんとすることは理解できる。普段でもオーバーワーク気味だったのに、ほぼ半日を別業務に割かれるのだから業務過多になるのは当然の帰結だった。

「こうなるのが分かっていて引き受けたんですか」

口にしてから、これも失言だと気づいた。いくら不破が孤立した存在であっても、検事正からの命令を拒否できる立場にはない。あの場合は引き受けるしかなかったのだ。

「すみません、失言でした」

頭を下げてみせた。しかし相変わらず不破はこちらを見ようとしない。

気まずい沈黙には未だに慣れない。沈黙を破ろうとして自分から言わずもがなを口にして更に失敗を重ねる。

今まで何度同じ過《あやま》ちを繰り返してきただろうか。検察官付きの事務官になったのだからいい加減学習するべきなのに、なかなか悪癖は直らない。

「軽々しく頭を下げるのはやめろ」

「え。でも」

「軽々しく頭を下げる人間は、そのうち軽々とミスを起こすようになる。失敗しても頭を下げさえすれば許されると思い込むからだ」

「そんなつもりは」

「最初はそんなつもりがなくても、慣れるとやがてそうなる。下げる度に価値も下がっていく」

あんまりだと思ったが、指摘された内容自体は間違っていない。事務官ごときが下げる頭に価値がないのもその通りだ。

「気をつけます。今日から調査チームに合流するんだから尚更ですよね」

ようやく不破がこちらを一瞥した。

「相手によってころころ態度を変えるというのか」

「いえ、あの」

訂正しようとして思い留まった。相変わらず感情を読ませようとしないが、不破が上機嫌でないのは分かる。何を言っても辛辣《しんらつ》な言葉が返ってくるだけだ。
「口を動かす暇があるなら手を動かせ。その分、失言も業務停滞もなくなる」

ただでさえ繁忙であるのに、気詰まりが加わるのだから精神疲労は相当なものだ。午前の仕事が終わると、美晴はへとへとになって執務室を出た。

脱力気味に食堂のBランチを咀嚼《そしゃく》し半ば義務のように昼食を摂る。慣れ親しんだ味でわずかに疲労が和らぐものの、午後から始まる調査を思うと緊張感でまた食欲が減退する。

不破は情報を吟味した上で報告すると言ったが、選択の自由を榊が許すとは思えない。また折伏をはじめとした調査チームがおいそれと調査結果の漏洩を許すものでもないだろう。一番厄介なのは榊も調査チームも不破を優秀な人材と認めて仕事を依頼している点だ。切れ者であるほど使う側は能力に期待するから、標準的な成果では満足しない。調査チームと榊という真逆の立場から成果を期待される不破は、言わば股裂きの状況に陥っている。

不破にかかる重圧は、そのまま事務官の自分にも及ぶ。不破の鎧《よろい》が硬いことは東西の次席検事も知悉している。だとすれば彼らが与《くみ》しやすしと考えているのは、当然事務官である美晴だ。不破の態度が頑《かたく》なであればあるほど、彼らは美晴に有形無形の圧力をかけてくるのが予想される。

美晴はさほど勘が鋭い方ではないが、それでも疑心暗鬼と右顧左眄《うこさべん》が渦巻く検察庁で一年近くも揉まれれば、それなりに危機を察知する能力は養われる。当初こそ調査チームに合流することに武者震いさえ覚えたものの、いざこの期に及んでみると警戒心ばかりが鋭敏になってくる。

ことによると一番厄介なのは己の性格ではないか──そんな風に考え始めた時、不意に背後の会話が耳に入ってきた。

「しかし驚いたな、今朝の通達」

「ああ。不破検事の調査チーム合流やろ。ウチの中から人間引っ張るのも大概やけど、それが選りに選って不破検事っちゅうんやから二重にびっくりや」

振り向かずとも声の主には心当たりがある。二人とも美晴と同じく検察官付きの事務官だった。

「聞いた話やと不破検事を指名してきたのは、東京地検の岬次席検事らしい」

「何で〈鬼の岬〉が〈能面〉をチョイスするんや」

「それがな、東京地検時代の上司が岬次席検事やったらしい」

「ああ、それでか。せやけど東京地検時代の不破検事って、今と違《ちご》うて思うてることが全部顔に出るタイプやったってホンマかな。日頃からあの能面見てるモンとしたら、俄《にわか》には信じ難い」

「あのな、子供の頃からあんなんやったら余計に怖いわ」

「ま、イメージは惣領事務官おるやろ。彼女みたいにリトマス試験紙みたいなんが、そのまま検事になったようなもんかな」

「それは怖いとか怖くないとかゆう前に、検察官不適格やないか」

まさか背中を向けている女が当人とは知らずに話しているのだろうが、周囲からはそう見られているという事実が少なからず胸に刺さる。

「せやけど岬次席の意向で選ばれたんなら、不破検事は完全に敵方に寝返ったちゅうことになるな。前の上司から指名されてるんなら尚更やろ」

「寝返るも何も、あの人は最初から外様《とざま》やからな。左遷されてもう何年にもなるのに、未だに大阪地検に馴染《なじ》んでへんやないか」

いくら陰口でもひど過ぎると思った。水に馴染もうが馴染むまいが、既に不破はエースと謳われるほど大阪地検に貢献しているはずだ。それを外様と呼ばわるのは、あまりに排他主義ではないか。

「俺はな、不破検事の参加には二つの意味があると思うてるんや」

「言うてみ」

「一つは最高検を中心とした大阪地検の粛清。特捜部はおろか、任命責任を絡めて大阪地検から大量の処分者を出して、東京でポストにあぶれとるヤツらの受け皿にする。もう一つは、この件で不破検事に殊勲《しゅくん》を立てさせて、東京地検に凱旋《がいせん》させる。その上で不破検事は三席に、岬次席は東京高検あたりに栄転。どうや、このシナリオは」

「現実味はあるな」

「まだある。これは二人の次席の代理戦争ちゅう見方さ。元々〈東の岬、西の榊〉とか何かと比較されるけど、最終的に二人が目指すのは検事総長の椅子やろ。そんならこの機に相手の評価を下げておくのは悪いこっちゃない。高峰検事の不祥事に連座して大勢の処分者を出せば岬次席の勝ち。被害を最小限に抑えて高峰検事のみの処分で済ませれば榊次席の勝ち」

黙って聞いていればいい気になって――抗議の声を上げたくなったが、もうしばらく聞いていることにした。

「両次席の考えそうなこっちゃ。せやけど、もしそんなことになった場合、処分される検事はともかく、事務官はどないなるんかな」

「大阪地検で採用した事務官を処分する検事の道連れにする訳にはいかんやろ。俺らまでお咎めはないやろ。高峰検事付きの事務官も含めてさ」

ああそうか、とやっと美晴は合点する。身内である検事たちが責任を問われているのに平然と噂話をしているのは、手前たちには被害が及ばないと高《たか》を括《くく》っているからだ。

「言うてみたら、不破検事にとっても渡りに船みたいな話やからな。わしの聞いた噂では、ほとんど二つ返事で了解したらしい」

「へえ、それはちょっと意外やな。あの人はあんまし権勢欲やら出世には興味ないみたいな風情やしな」

「検察官になるような人間に出世欲がない訳ないやろ。あの人はそれが顔に出んように必死に取り繕ってただけやと思うで」

「いずれにしても高峰検事の文書改竄はもう争いようのない事実やから、後は本人からどんだけ早く供述を引き出すか、それと改竄の内容を解明すればゲームセット。不破検事の勝ちはやる前から確定しとる。要はゲーム終了までの時間が短いか長いかだけの勝負やな」

「そうそう。俺らは高みの見物と洒落《しゃれ》込ませてもらお」

「せやけど惣領ちゃんも災難やな」

「何で」

「不破さんをフォローせんかったら無能な事務官と言われる。ところがきっちり仕事をこなせばこなすほど高峰検事に弓を引くことになる。どのみち不破検事は東京に舞い戻るやろうけど、惣領ちゃんは大阪地検に残る。例の報道以降は誰も口にせんけど、高峰検事のファンも少なくないしな。後に残された不破検事付きの事務官は、そりゃあ好意的に見られん。大阪地検の裏切り者やからな」

「どっちに転んでもええようには言われんか」

そろそろ美晴の我慢も限界に近づいていた。食器の上にはまだ揚げ物が残っているが、すっかり失《う》せた食欲では完食できないことは分かっている。

席を立って出口に向かった途端、話をしていた事務官たちとすれ違った。二人は悪戯《いたずら》を見つかった子供のような顔で、美晴が食堂を後にするのを見守っていた。

出ていく寸前、背中に最後の言葉を浴びた。

「ご愁傷さま」

食堂を出てからも鬱憤《うっぷん》が溜まるばかりで、食事を終えたばかりの満足感とはほど遠い。忘れようとしても、二人の揶揄《やゆ》と皮肉が頭の中を駆け巡る。

自分の粗忽《そこつ》さを嗤《わら》われたこと、文書改竄問題がどんな解決を見たとしても美晴はジョーカーを引いてしまうことなどいくつもあるが、一番腹立たしいのは不破が出世欲を糧《かて》にして調査命令を受諾したという件だ。

馬鹿なことを言うな。

あの検事が人並みに立身出世を目論《もくろ》むような凡人なら美晴も苦労しない。一緒にいてもさほど緊張せず、俗物ぶりを微笑《ほほえ》ましく観察していればいい。絶対に隙を見せてくれないから毎日毎日疲れ切るのだ。

もっとも、最近ではその疲労も心地よいものに変わりつつある。精神の緊張と迅速さを求められる肉体が、日々成長していくのが実感できる。疲れるからといって辛《つら》いとは限らない。気楽だからといって快適だとは限らない。そのことを教えてくれたのは不破だから、彼らの言説が尚更業腹に思えて仕方がない。

じたばたしても悩んでいても、時間は無情に過ぎていく。午後の部が始まり、美晴は不破とともに、調査チームに宛《あて》がわれた会議室へと向かう。不破が参加する初日なので、まずは挨拶から始まるはずだった。

会議室に入って最初に目についたのは、おびただしい数の段ボール箱だった。床と言わずテーブルと言わず山のように積まれ、窓の外がまともに眺められない。国有地払い下げに関する捜査資料ならびに近畿財務局と学園側との交渉記録が収められているのだろう。本来は特捜部の部屋に保管されていたものだが、調査チームが到着してからは全て彼らに没収されてしまったらしい。

次に目についたのは当然中にいた男たちだった。折伏と他二人、そして岬。岬以外の三人は、美晴に対して遠慮なく怪訝《けげん》そうな視線を投げかけてきた。

「待っていました」

今まで座っていた折伏が立ち上がるが、何故かそのままの体勢でいた。何をしているのかと不思議だったが、岬のわざとらしい咳《せき》払いで、不破の方から歩み寄るのを待っているのだと気づいた。

途端に折伏がひどく不遜《ふそん》な男に映った。これは仁科から仕入れた話だが、折伏は最高検の次期刑事部部長を噂されているという。いつもながら仁科の地獄耳には呆れるのを通り越して感心さえするが、自分が最高検に勤めているならこの男の下で働きたいとは思えない。待っていれば相手の方が傅《かしず》くと思い込んでいる上司など尊敬できるものか。

しばらくしても不破が動く素振りを見せないので、折伏は渋々といった体で「そこらに座ってください」と促した。

岬はついと顔を背けたため、どんな表情をしているかは量りかねた。代わりに別の二人は不愉快さを隠そうともしない。

二人についても事前の情報を仕入れている。肉太りで短軀《たんく》の男は當山《とうやま》、痩せぎすで顔色の悪いのが桃瀬《ももせ》。やはり二人とも最高検刑事部の所属ということだった。

三人がいずれも最高検刑事部の人間であるのを考えると、東京地検の岬の存在が嫌でも異質に思える。食堂ではなかなか味のある人物だったが、やはり検察官としての知見や度量は一目置かれているのだろう。

不破が手近の椅子に座ると、折伏はそのまま腰を下ろして再び美晴を一瞥した。

「彼女は何ですか」

「わたし付きの事務官です」

「そういうことを訊いているのではありません。事務官が何故この場にいるのかと訊いているんです」

折伏の声は粘着質で、自発的に非を認めさせようとする物言いだった。

「仮にも身内の不正を調べようとしているんです。調査にあたる人間は少なければ少ないほどいい。第一、そのお嬢さんがどれほどの戦力になるのか」

予想された反応であり、美晴は一礼して退出しようとした。

ところが、美晴が動く前に不破の声が上がった。

「惣領事務官は同席させます」

「理由を教えてください」

「事務官は検察官の影です」

「そんな抽象的なことを言われても」

「影の存在なので検察官が見聞きするものは常に事務官も見聞きします」

「それがどうしましたか」

「事務官に見せたり聞かせたりしたくないものを、検察官に見聞きさせるというのは道理に合いません」

するとたちまち折伏は眉間に縦皺《たてじわ》を刻んだ。

「機密事項の保持には階層に応じたレベルがあるでしょう。検察官と事務官では自ずと知り得る情報に差が生じるのは当然だ」

「検察官が扱う情報はいずれ法廷で明らかにされる性質のものです。密室でやり取りされるものではないでしょう。それなら検察官も事務官も同じ場所にいて支障はないと考えます。それとも、高峰検事の文書改竄は同じ地検関係者にも知られてまずいものなのでしょうか」

逆に問い詰められる恰好になり、折伏は苦いものを舌に載せたような顔をする。

「彼女の口は堅いのだろうね」

「堅くなければ三日で放り出しています。事務官に要求される資質で最も重要なものです」

折伏は仕方がないという風に頭を振り、これも渋々承諾の意を示す。

「まあ事務官はさておき、君をチームの一員とする前に確認しておきたいことがある」

いくぶん口調が乱暴になったのは、社交辞令の時間は終わったとでもいうのだろうか。このぞんざいな喋り方が折伏本来なのだろう。

「今回、高峰検事の身内である君がチームに加わる。何故だか分かるか」

「選ばれた側なので特に考えていません」

「ずいぶんと素っ気ないな」

「どんな内容であろうと、仕事に私情は挟まないようにしています」

「地検内部に詳しい人間を一人入れろというのは刑事部部長の指示だった。しかしその一人に君を推薦したのは、そこにいる岬次席だ。東京にいる頃から辣腕《らつわん》を振るっていたそうじゃないか」

有能であったことは間違いないが、不破は東京地検時代の失敗で左遷の憂き目に遭っている。折伏はそれを承知しているのだろうか。少なくとも言葉の端々からは思惑を聞き取れない。

「確かめておきたいのは、君の任務に対する忠誠心だ」

尊大な言い方で、仕事に対する忠誠心ではなく折伏に対する忠誠心を問うているように聞こえる。

「高峰検事には人望と信頼があったと聞く。身内の君たちにすれば、今回の不祥事はさぞかし残念なことだろう。同じ検察官として同情する。しかし、それと真相を究明することは別問題だ。調査を進めていけば、高峰検事に対して突っ込んだ尋問をせざるを得なくなるだろう。現状、大阪地検ならびに検察庁の置かれている立場を理解しているかね」

「地検の威信が問われている、ということですか」

「今しがた君の口から仕事に私情は挟まないと聞いた。同感だ。検察の捜査とはかくあるべしだと思う。だが一方、検察官も一個の人間だ。長らく同じフロアにおり、酒席をともにし、切磋琢磨《せっさたくま》しあった仲でも糾弾しなくてはならない。平たく言ってしまえば同僚でも検察官でもなく、彼を純然たる被疑者として扱う必要がある」

特命を受けて派遣されてきただけのことはある。折伏の言葉は多分に教条的ではあるものの、検察官の心得を表している。

「人の罪を暴き起訴する者には、より以上の清廉潔白が求められる。そうでなければ市民も検察に力を委ねないだろう」

大上段に振りかぶられても不破は眉一つ動かさない。

「元より、取り調べの相手に検察官もイワシの頭もないと思っています」

「それは心強いな。検察官たる者、そうでなくては。だが求められているのは対被疑者の心得だけではない。仲間意識、派閥、上下関係。そういった様々な柵《しがらみ》からも切り離されていなければならない」

今更な話だと思った。派閥や上下関係から切り離されているからこそ、不破は孤立しているのだ。孤高と言えば響きはいいが、実態は周囲から煙たがられ疎《うと》んじられている。敢えて部外者から言われるまでもない。

だが折伏の思惑は別のところにあった。

「この会議室は調査チーム専用の部屋だ。国有地払い下げに関しての捜査資料は全てここに集中している。それだけではない。この部屋に存在することはチームの一員に徹することを意味する。言い換えれば大阪地検一級検事という肩書も忘れてもらう必要がある」

「元よりそのつもりです」

「榊次席からは、何も吹き込まれなかったのかね」

「仰る意味がよく分かりません」

「君を推したのは岬次席だが、現在君は榊次席の部下だ。チームに参加するにあたって、調査の進捗状況を報告するように命令されていないか。高峰検事が完全にクロだと判明した時点でソフトランディングできるように証言の内容を吟味するように依頼されてはいないか」

折伏のみならず當山と桃瀬も、不破を昏《くら》い目で見つめている。紛れもなく容疑者に向ける視線だった。

「簡潔に言おう。調査チームは地検上層部の意向など斟酌《しんしゃく》するつもりなど毛頭ない。検察の顔に泥を塗った馬鹿者を徹底的に追及するだけだ。彼の不正を許した関係者も同罪。身内だろうが何だろうが苛烈に扱い、傍から見ても同情するまで鉄槌《てっつい》を下す。そこまでやって、初めて我々は世間から免罪符を得ることができる。当然、チームに参加する不破検事もその気概を持ってもらいたい」

初回は挨拶程度などと甘く見ていた自分を殴りたくなった。最初に待ち構えていたのは決して和《わ》気藹々《きあいあい》とした親睦ではない。

「答え次第では、君の登用を再考しなければならないかもしれない」

踏み絵だった。

大阪地検の飼い犬のままでいるのか、それとも最高検に尻尾を振るのか、この場で立場を明確にしろと迫っているのだ。

調査チームに参加する以上、大阪地検の人間であるのを忘れろというのは正論だろう。しかし、その正論の陰には特捜部ならびに関係者の一掃と受け皿作りというキナ臭い思惑が見え隠れする。

気になって岬に視線を向けてみる。相も変わらず顔を逸らしているために折伏の言葉をどう受け止めているかも分からない。

ふと疑念が湧いた。

食堂では気さくな面を見せたものの、それが岬の本性だという証拠はどこにもない。榊と並び称されるくらいだから同様に権謀術数に長《た》け、何人となく競争相手を蹴落としてきたに違いない。ならば実績を重ねるために大阪地検の総入れ替えくらいは平気で画策しても不思議ではない。

ところが不破は美晴の心配を他所《よそ》に、平然と話を続ける。

「免罪符云々には何の関心もありません」

「検察の威信が地に堕ちても構わないというのか」

「信用を失うのは一瞬、取り戻すには数年。当然のことです。多少身内に厳しくしても、その程度で与えられる免罪符などすぐに失効するでしょう。我々は不正も遺漏もなく粛々と任務を果たすしかありません。下手に迎合したところで見透かされるのがオチです」

これは不破の方に説得力がある。折伏は忌々《いまいま》しげに唇を歪《ゆが》める。

「大層な言いようだが、結局は旗色を鮮明にしたくないだけじゃないのかね。コウモリのようにある時は鳥、ある時はケモノと振る舞っておけば安全保障になる」

「旗色と言えるかどうかは分かりませんが、わたしの指針は入庁以来これだけです」

不破はそう言うと、襟《えり》に鈍く輝く検事バッジを指し示した。

今度こそ折伏は二の句が継げない様子で不破を睨み据える。一触即発かと思えた瞬間、岬が二人の間に割って入った。

「折伏さん、一本取られたな」

「次席」

「彼の言うことは正論だよ。綱紀粛正《こうきしゅくせい》も柵もない。検察官である以上、我々は秋霜烈日《しゅうそうれつじつ》の軛《くびき》からは逃れられん。同時にこの意匠の示す四文字だけが検察の存在意義だ。この問答は不破検事の勝ちだ」

　見事な仲裁ぶりと言いたいところだが、背後で成り行きを傍観していた美晴には、岬が最初から不破の勝ちを予測していたようにしか思えない。

　折伏が唱えたのは建前だが、不破は更に突っ込んだ建前を振り翳《かざ》した。建前同士の話になれば、より大義名分に近い言葉が上位にくる。大義名分をそのまま自身の流儀にしている不破に勝てる訳がない。

「いずれにしても検察官の引き起こした犯罪だ」

　岬は双方を半ば宥《なだ》め、半ば発奮させるように言う。

「思惑の違いがあったとしても呉越同舟《ごえつどうしゅう》という言葉もある。期限付きだが、お互いの持てる能力を結集させよう。口幅ったい言い方になるが、検察の威信が守られるか否かは我々五人の双肩にかかっている」

2

　それから午後いっぱい、美晴は段ボール箱の山と格闘する羽目になった。

　当初、特捜部が押収した文書類はリストが作成された。その押収物を今度は調査チームが再押収したわけだが、美晴に課せられたのは当初のリストと現物を照合して遺漏がないかを確認する作業だった。

改めて箱を数えてみると四十三箱ある。照合作業といっても単なる突き合わせではなく、ページ数は合致しているか落丁はないか、他の文書が混入していないかを丹念にチェックするので、とても一日二日では終わらない。

今まで送検されてきた案件といえば窃盗・放火・殺人といった強行犯がほとんどだった。強行犯の案件も送られてくる資料は多いものの、経済犯の比ではない。特殊詐欺・贈収賄・脱税といった犯罪の場合、証拠物件の大半は文書類であり、担当検察官はその読み込みに相当の時間を費やすことになる。今回の国有地払い下げ問題も例に洩れず、調査チームはまず資料読みから作業を開始、高峰検事への聴取を同時並行で行う。

不破たちほど微に入り細を穿《うが》つような読み方はしないが、こまめに文書類をリストと照合していくと、高峰検事が改竄したらしい文書の性格が薄ぼんやりと見えてきた。

以前榊からもおおまかな説明を不破越しに聞いたが、犯行の態様は正確に言えば改竄というよりも差し替えだ。近畿財務局で作成された決裁文書がページごと差し替えられ、荻山理事長自らが匂わせた現金供与の事実が立証できなくなっている。

当初、大阪地検特捜部はこの決裁文書の記述の中にこそ現金供与を示唆する文言が潜んでいたと考えていた。決裁文書の中には国有地の売却価格についての交渉記録が存在し、記載中に兵馬議員をはじめとする国会議員の氏名が頻出しているのではないかと疑ったのだ。事実、荻山理事長は価格を「調整」できないか打診したと供述している。

「差し替えられた部分は二十四ページ、だな」

不破の隣で資料を読み込んでいた岬はそう呟《つぶや》いた。もちろん不破に話し掛けたのだが、相手は周囲に誰もいないかのように集中している。

せめて返事くらいはしてくれと思ったが、岬は構う風もなく喋り続ける。

「問題のある箇所を差し替えたせいで、前後の繋がりが不自然になっている。紙質の違いを指先で判断する器用さは持ち合わせてないが、官僚文学はゲップが出るほど読まされてきたから、このくらいのことは分かる」

「同意します」

返事はするが、不破の視線は文書に落ちたままだ。

「おそらく部分部分の訂正では文脈に齟齬《そご》が生じると考えたのでしょう。国有地払い下げがスクープされ世間の耳目《じもく》を集めて間もなかったので、手っ取り早く差し替えしたのでしょう」

二人とも「差し替え」という文言を使っているが、世間をはじめ野党議員たちは敢えて「改竄」と言い換えている。差し替えた行為自体が現金供与の事実を隠蔽しているという言い分なのだが、これは法曹関係者とそうでない者の認識の違いだろう。

「地検内でも犯罪行為という認識があるのだから、世間が改竄と騒ぐのも無理はない。問題は何故高峰検事がそんな真似をしたのかだ」

美晴は素知らぬ顔で聞き耳を立てる。今回の事件が発覚してから、美晴の関心もその一点にあったからだ。

「高峰検事と荻山理事長、また兵馬議員との間に利益供与があったのかどうかについての捜査は緒《しょ》に就《つ》いたばかりだが、どうも解《げ》せん。理事長も議員も関西の人間だから高峰検事と接触した可能性はゼロではないが、現在に至るまで関係が見えてこない。大まかに関西圏といっても、三人とも出身地は別だ。中学・高校も別だし、第一、高峰検事は二人と一回り以上歳が離れている。荻山学園の関係者や兵馬議員の後援会に高峰検事が名を連ねていた事実もない。担当調整官の安田啓輔と高峰検事は同じ大学の出身だが、国内有数のマンモス校だから大した共通項にはならない」

「大学での接点はないのですか」

「学年は高峰検事が三つ上。高峰検事は法学部でラグビー部所属。片や安田調整官は経済学部で所属部なし。まるで接点がない」

高峰検事と荻山理事長・兵馬議員の間に何らかの血縁関係があるとは思えない。事件が発覚した時点で、被疑者と血縁関係にある検察官は担当から外されるからだ。

「ただし今も言った通り、捜査は緒に就いたばかりだ。調べていくうちに関係性が見えてくるはずだ」

「それはどうでしょうか」

不破は振り向きもせずに疑義を唱える。

「兵馬議員と荻山理事長の間に利益供与があったとして、その事実を高峰検事が隠蔽しようとするなら血縁もしくはそれと同等に深い繋がりがなければ道理が通りません。濃厚な繋がりがあるのなら、初動捜査段階で浮かび上がりそうなものです」

「我々の捜査能力を過大に評価しても始まらんだろう」

「指名され、わざわざ大阪くんだりまで派遣されるんです。過小評価する方が間違っています」

「どうかな。不破検事が乗り出したら、また別の展開があるように思えるが」

聞き流していればお互いを誉《ほ》めあっているように受け取れるが、岬の顔つきを眺めていると違和感が生じる。親しげな視線でありながら鋭さを失っていないからだ。一方、不破は不破で真意がまるで見えないから、口にする言葉を素直に信じられない。日頃から本音を一切洩らさない男であり、相手が上司でもお構いなしだ。

「解せないことはもう一つある。文書の差し替えが近畿財務局に保管されていたコピーにも及んでいた事実だ」

岬は再び疑念を投げかける。こうして聞き続けていると、岬が質疑応答を繰り返すことで問題点を整理するタイプであるのが分かる。

「本来なら文書を押収される前に、財務局側がコピーを残しておくものだ。すると高峰検事が押収した現物を差し替えても、コピーは差し替え前の状態であるはずだ。それがどうして両方とも差し替え後なんだ」

「それについては特捜部の初動が迅速だったせいです」

いきなり不破が説明を始めたので美晴は少し驚いた。

「近畿財務局を急襲し、碌《ろく》にコピーも取らせないうちに現物を押収したらしいですね。その後、近畿財務局からの求めに応じて随時コピーを渡していました。おそらくはコピーする時点で差し替え済みだったのでしょう」

美晴の前では関心のないふりをしていたが、実は情報を仕入れていたらしい。まったく食えない男だと、今更ながらにそう思う。

「それが本当なら、高峰検事は押収前から差し替えを企《くわだ》てていたことになる」

換言すれば計画的犯行だ。ますます高峰検事の置かれた立場は悪くなる。

「いずれにしても高峰検事本人に訊くのが一番早いですよ」

「ああ。明日はわたしが彼を取り調べることになっている。今から戦術を練っておかないとな」

岬は満更でもないという顔をする。普通、次席の職務は各検察庁全体の把握と検事正の補佐なのだから、現場仕事からは遠ざかっているはずだ。こんな風に被疑者と対峙《たいじ》するのを愉しんでいる次席は珍しいのではないか。


翌日、昼食を手早く済ませた美晴は喫煙コーナーに飛び込んだ。食堂に長居をすれば、いつ何どき不愉快な噂話を聞かされるか知れたものではない。

最近、大阪地検の検事たちの間では一見まともそうな迷信が飛び交っている。喫煙・肥満・お人よしは出世コースから外れるという言い伝えだ。仁科によれば元ネタはアメリカのエリートたちの間で流布されたものらしい。なるほど喫煙がやめられないのは依存症の疑いがあり、肥満は自制心の欠如と捉えられかねない。三番目のお人よし云々は検察庁ならではのオリジナルだろう。

そういう事情も手伝って、喫煙コーナーはいつも閑古鳥《かんこどり》が啼《な》いている。頻繁に通っているのは仁科と自分くらいのものではないか。

この日も手持ち無沙汰で待っていると、仁科が姿を現した。

「あら。どないしたん、惣領さん。何や元気ないなあ」

「そんなことないですよ」

「肌艶が悪うなってる。生気も失せとる」

　思わず顔に手を当てた。

「冗談や冗談。せやけど元気なさそうなんはホンマ。やっぱり会議室の中は相当息が詰まるん違うの」

「生気が失せるとまでは言いませんけど、正直息が詰まります」

「まあ、あのメンツではしょうがないか。何せ一番馴染みの深いのが不破検事やから」

「未だに三人からは睨まれてます」

「元からいけずそうな顔してたからなあ。それで調査の進捗はどうやの」

「もっぱら資料読みです。今日からは岬次席が取り調べだと言ってました」

「資料読みの段階なら、まださほど進捗はなさそうやね」

「進捗なくても、本当はこんな風に話すのは禁止されてるんですけどね」

「鬱憤晴らすだけやったら構へんやん。会議室では息が詰まる一方なんでしょ」

「とにかくあの三人の視線が痛くて」

「若くてイケメンの兄ちゃんやったら、ええ意味で痛いのにね。あの三人ではアカンわ」

「岬次席には慣れたんですけどね」

「〈鬼の岬〉に慣れたんなら、どんな検察官の下に付いても大丈夫や」

　仁科は半ば驚いたように言うが、実際に言葉を交わしている美晴には大したこととは思えない。仕事の上ではなるほど鬼かもしれないが、ふとした弾《はず》みに見せる顔は普通の中年男のそれだった。

「同じ部屋に事務官がいるのが、とことん気に食わないみたいです」

「検察の世界は未だに男社会やから、下手したら相撲界と一緒やね。女は土俵に上がってくるなっていうね」

言い得て妙な比喩だと思った。確かにあの迷惑そうな視線は女人禁制の場所に足を踏み入れた女を見るような色をしていた。

「ま、お互いさまなんやけどね。うちらも連中のことは胡散《うさん》臭い、ゆうか迷惑なやっちゃなあちゅう目で見てるから。惣領さんもとうに気づいてるやろ」

「え、ええ」

美晴は躊躇しながらも頷いてみせる。一度、折伏が廊下を歩いている際、すれ違った検事の目がひどく忌々しげだったのを目撃したからだ。

「ウチの検事連中だけやのうて、他の職員たちもみぃんな嫌《きろ》うとるよ」

「事務官は対岸の火事を眺めているようなものだと思ってました」

「最初のうちはね。処分される対象がどれだけ拡大しても、自分らには累が及ばへんと思うてたから。せやけど、あの超上から目線の正体にそろそろ気づいたんやろね。処分の方向がどうあれ、最高検から来た連中は揃いも揃って度し難いエリート意識の塊やって。口に出さんかて、あの目を見てたら自分たちがどう思われてるかくらいは分かる。自分を軽蔑してる人間を尊敬できるんは特殊性癖の人間だけよ」

「特殊性癖って」

「事務官レベルでそんだけ嫌われてるんなら、検事連中は言わずもがな。自分の首を切り落とす青《せい》龍刀《りゅうとう》握った人間に親しげにできる人間なんておらんよ」

最高検のチームと大阪地検メンバーとの間に軋轢《あつれき》が生じている。高峰検事という生贄《いけにえ》が決定していても尚、その溝は埋まらない状況だ。

「もう何てゆうか蛇蝎《だかつ》の如《ごと》く嫌われとるよ。最初のうちこそ最高検からの使者やから多分に畏怖みたいなものもあったけど、今じゃあ完全に天敵扱い。昨日なんか、最高検チームの頼んだ店屋物の中に下剤仕込んでやるて公言する職員がいたらしい」

さすがにそれはデマの部類に入るだろうと思ったが、職員たちの悪感情を考慮すれば満更《まんざら》有り得ない話でもないので黙っていた。

「せやからな、惣領さん。わたしは不破検事が心配なんよ。普段から帰属意識の薄そうな人やし、今回の件であの人らしく振る舞えば振る舞うほど、地検内部に敵を作ってしまう。イメージとしては、それこそ仲間の背に向けて弓を引くようなもんやからね」

それは美晴も肌で感じていた。不破と一緒に歩いていると、地検職員や検事の目がひどく険しい。以前は鬱陶しがられて敬遠されるような視線だったが、最近は明らかに憎悪と軽蔑の色が見てとれる。

孤立無援だったものが、今や四面楚歌《しめんそか》になりかけているのだ。

「ホンマに不破検事は何を考えてるんだか……って、何を考えてるか分からへんのがあの人の身上なんやけどね。今回ばかりは、あの能面がよおない方向に働くかもしれんね。せやから惣領さん」

「はい」

「そんな風にならんように、あなたがちゃんと見とってな。不破検事をこんな覇権争いの犠牲者にするなんて、もったいなさ過ぎる」

頷いてはみたものの、美晴に状況を緩和させる自信は全くない。そもそも最高検と大阪地検の確執を解消できるような立場でもなければ、不破の盾になる度量も持ち合わせていないのだ。

非常時にこそ当人の真価が問われる。誰も護れず、何も変えられない。つくづく自分という人間は無力なのだと痛感させられる。

そして逆風吹き荒れる中にあっても、粛々と命じられた仕事をこなす不破はやはり鋼《はがね》のようなメンタルなのだと思い知らされる。


午後になって美晴は会議室へと向かう。足は重いが行かない訳にはいかない。

相変わらず不破は資料読みに余念がない。最高検チームが各々の推論を披露する中、一人黙々と文書を読み耽っている。

「荻山理事長から高峰検事へ利益供与があったという線は薄いな。理事長は既に全面自供に近いかたちだから、検事に賄賂《わいろ》を渡しても何ら意味がない」

「金銭ではなく約束手形というのはどうかな。高峰検事が将来政界に進出するのを目論んでいたと仮定すれば、兵馬議員に恩を売っておくのは決して無駄にならない」

「少し穿った見方だがまるっきり絵空事でもないな。大阪地検特捜部のホープだの何だのと持て囃されたところで、定年が近づけば手が届く範囲も見えてくる。他の世界への転身を図るのも悪くない考えだ。もっとも焦れば悪手《あくしゅ》になるがな」

「高峰検事本人がそこまで供述してくれればいいんだが」

「いや、あれは結構難敵だぞ。昨日は俺が担当したんだが、世間話には乗ってくるものの、肝心な箇所になるとだんまりを決め込む。完黙よりタチが悪い」

「普段は取り調べる側だから、こちらが避けたいこと苦手なことを熟知していやがる。だから検事なんか相手にするのは嫌なんだ」

「ともかく今日は次席が担当だ。あの海千山千がどんな手腕を見せてくれるか期待しようじゃないか」

三人が小休憩で部屋を出ると、不破と二人きりになった。

「一つ訊いていいですか」

「何だ」

不破は岬に対するのと同様、資料から目を離さずに返事をする。

「正式な命令が下りるまで、検事はこの調査を避けていましたよね。それが今は最高検チームの指示に唯々諾々《いいだくだく》と従っています」

「不自然だとでも言うのか」

「腑に落ちません」

「命令された以上、自分の仕事だ」

「今、庁舎内で検事がどんな目で見られているのか、知ってますか」

「特に関心はない」

「同じ地検の仲間に弓を引く裏切り者だと言われています」

「言いたいヤツには言わせておけばいい」

感情の籠もらない声に段々腹が立ってきた。こっちが心配しているのが分からないのだろうか。

それとも最初から地検に忠誠を誓ってはいないから裏切ったことにはならないと、詭弁《きべん》を弄するつもりなのか。

「まるで検事が東京地検に返り咲こうと躍起になっているように言われています」

「何度も同じことを言わせるな」

苛立ちが募り、つい挑発したくなった。

「ひょっとして図星なんですか。今回の成果を足掛かりに、東京地検に戻る算段なんですか」

返事はない。挑発したのに無視を決め込まれ、美晴は振り上げた拳《こぶし》の下ろしどころに困惑する。気まずい空気が辺りを支配する。雄弁は銀、沈黙は金とはよく言ったものだと思う。諺に一片の真理があるのなら、終始沈黙を続けている不破は最強ではないか。

いつもながらの不用意な発言を後悔していると、やがて不破が呟いた。

「惣領事務官は高峰検事をどう見ている」

「どうって……」

「ただ同僚というだけじゃない。彼は真っ当な検察官だ。根も葉もないでっち上げなら早急に疑いを晴らすべきだし、仮に不正をしたのなら動機を明らかにしなければならない。わたしが受けた命令は、そういう内容だ」

呆気《あっけ》に取られた。

呆れるほど単純明快な行動原理で、覇権争いやら名誉回復やらと叫んでいた自分が途轍《とてつ》もなく間抜けに思えてくる。

この男の頭に東西対決などという矮小《わいしょう》な図式は微塵も存在しない。あるのは徹頭徹尾、検事としての使命感だけだ。

一緒に仕事をしてそろそろ一年になろうかというのに、まだ不破という男を理解していなかったのか――己の不明さに吐き気すら覚えた時、会議室のドアが開いた。

姿を見せたのは岬だった。どうやら高峰検事の聴取を終えたらしい。

「大阪地検特捜部のホープと称されるだけのことはある」

第一声は聴取相手への賛辞だった。

「近畿財務局保管のコピーが差し替え後だったのは、検事の指摘通りだ。それはあっさり供述した。だが押収後にコピーしたことは認めても、差し替えした行為を認めようとしない。質問する側も答える側も同じ勘所を知っているから始末に悪い」

不首尾に終わっても、何故か岬はさばさばした調子だった。ひょっとしたら結果を予測していたのかもしれない。

「攻め方を知っているから逃げ方も知っている。ありきたりな戦術では埒《らち》が明かん」

そして意地悪く不破を見た。

「つまりありきたりではない検事の出番という訳だ。明日は不破検事が聴取に当たってくれ」

まるで自分が露払いをしたのだから、成果を出さなければ容赦しないと言わんばかりだった。

3

翌日の午後、岬の後を受けて不破が高峰の聴取に臨んだ。高峰への聴取は相変わらず別室で行われる。普段は小会議に使われる部屋だが、高峰の事件が発覚してからは取調室に変わった。

不破と美晴は先に入室して待機する。壁にはポスター一枚もなく、部屋の中央にテーブルと椅子があるだけだ。殺風景なことこの上なく、容疑者を問い詰めるだけが目的なら検事の執務室よりも相応《ふさわ》しく思える。

「失礼します」

指定された午後一時きっかりに高峰が現れた。

「ほう、今日はあなただったのか、不破さん。てっきり岬次席の続投だと思っていたが」

今や起訴される側に立たされているというのに、高峰は笑みをこぼす余裕を見せる。美晴も何度か廊下ですれ違ったが、こうして正面から直視するのは初めてだった。元ラグビー部らしく背広の上からでも筋肉質であるのが分かる。顔つきも精悍《せいかん》そのもので、検事というよりも壮行会に出席したスポーツ選手のような風体だった。

「そう言えば同じ地検に所属しているというのに差し向かいに座るのはこれが初だな」

「そうですか」

「あまり検事同士で協議することも酒を酌《く》み交わすこともないからな」

「必要のないことです」

すると高峰は一度頷いてみせた。

「その通りだ。我々は群れる必要もなければ馴《な》れ合う必要もない。他の検事に然《さ》したる興味もないしね。しかし、あなたにはすごく興味があった。大阪地検のエース不破俊太郎。機会があればサシで話がしたかった」

「今しています」

「こういうかたちは望んでいなかった。第一サシじゃない。あなたの事務官が同席している。いや、いつでもどこでも事務官を同席させるとは聞いていたが」

「事務官がいたらできない話はしないようにしています」

「なるほど。自分にとってのお目付け役になるから、検察官に相応しくない行動は取らなくなるという塩梅《あんばい》か。わたしもそうすればよかったかな」

高峰は自虐的に話すが、どこか清々しさがあって嫌味には聞こえない。証拠物件を差し替えるような男だからもっと卑怯《ひきょう》で狡猾《こうかつ》な顔を見せると思っていたので、これは意外だった。

「それはブレーキ役になるという意味ですか」

「いや、わたしが文書差し替えなどしなかったという証人になってくれるからな。荻山学園の案件に着手していた時は事務官も近づかせなかったのが、今になって悔やまれる」

「差し替えはしていないと主張しますか」

「無論だ。たかが紙質の違いでひどい言いがかりをつけられた。用紙なんて何種類もある。うち何ページかが違った用紙だったとしても不思議はないだろう」

至極常識的と思える抗弁だが、当然疑いをかけた調査チームには疑うだけの根拠がある。

「役所の備品は多くが同一業者からの一括購入です。近畿財務局へ仕入れる業者は〈イマクル〉の法人部で、その中で取り扱うＰＰＣ用紙はここ十年来〈オフィス・ラボ〉製品です。国有地払い下げに関する決裁文書に使用された用紙も同様です。ところが二十四ページ目の一枚だけが〈ジャパン製紙〉のものでした。そして大阪地検が備品として納入している用紙も〈ジャパン製紙〉のものです」

「偶然ではないというのか」

「文書の前後を読むと、用紙の変わった部分は荻山理事長と安田調整官の交渉部分です。払い下げの可否となる肝の部分なので、尚更作為的なものが感じられてなりません」

「あくまでも感じだろう。内容を改竄したという証拠は何もない」

だが世間とマスコミ、もちろん調査チームの関心はその一点にある。現状、荻山理事長は兵馬三郎への利益供与を匂わせているが、あくまでもマスコミ向けに発言しているだけだ。近畿財務局の決裁文書にその件が残っていれば、荻山理事長はもちろん兵馬議員も贈収賄容疑で起訴できる。

「調査チームの面々はわたしと兵馬議員の関係を疑っている。わたしが両方あるいは一方から利益供与を受けたものと決めつけているが、その証拠もない。どうせ預金口座も調べているのだろう。荻山学園の問題が発覚する前でも後でもいい。わたしの口座に巨額な送金がされているかね」

「いいえ」

「乗っているクルマがいきなり高級外車に替わったかね」

「いいえ」

「しがない官舎住まいが御堂筋《みどうすじ》のマンションを購入でもしたか」

「いいえ」

「公務員にはそぐわない豪華な海外旅行を楽しんだか」

「いいえ」

「いかにもカネのかかりそうな女と新地《しんち》で呑んでいるのを、誰か見かけた者でもいるのか」

「いいえ」

「そうだろう。そんな事実は一切ないからだ」

これは高峰の訴え通りだ。調査チームは高峰の私生活にメスを入れ資産と行状を調べたものの、以前に比べて派手になった事実は見つけ出せなかった。

だが不破は食い下がる。

「供与される利益がカネとは限らないでしょう」

「ほう。法務省ならいざ知らず、財務省の族議員に気に入られてどんな出世ができるのかな。それとも退官後は与党の公認候補になる口約束でも取り付けているというのかね」

「政治に興味がありますか」

予想外の質問だったらしく、高峰は一瞬口を半開きにした。

「……興味がない訳じゃないな。長く検事を務めていると法整備の不具合に悩まされることが多々あった。己の手で変えられるものなら変えてみたい。それは不破検事も同じだろう」

いいえ、と不破は言下に答えた。

「現行法が運用され続けているのはそれなりの理由があるからです。我々の仕事は現行法の範囲内で送検された案件を起訴するか不起訴にするかを決めるだけです」

「見上げた順法精神だ」

「法律を盾に人を糾弾するんです。当の本人が順法でなければ不合理でしょう」

高峰は呆気に取られた顔をしたが、すぐに気を取り直したようだった。

「そうだった。あなたはそういうタイプの検察官だったな」

「話を戻します。あなたは国有地払い下げに関しては、関係者の誰からも利益供与されていないのですね」

「ああ、していない」

高峰は腕組みをしたまま胸を反《そ》らす。はっきりそれと分かる挑発的な態度は、明らかに不破の苛立ちを狙ったものだった。

だが案の定、不破はぴくりとも表情筋を動かさない。

「意外だな」

高峰は不思議そうに言う。

「順法精神に忠実なあなたなら、もっと感情を剝《む》き出しにしてくるかと思った」

「何故そう思ったのですか」

「わたしの落ち度で大阪地検には迷惑をかけてしまった。いや、文書の差し替えなどはしていないが、つまらぬことで疑惑を持たれてしまったことについてだ。先の証拠物件改竄で大阪地検の権威は地に堕ちた。地検の職員全員が一丸となって信頼回復に努めてきたというのに、またぞろこの有様だ。地検職員たちの視線が痛くて堪らない」

本心だろうか、と美晴は訝しむ。不破とのやり取りを眺めていると、次第に高峰の交渉術らしきものが見えてくる。一方的に攻めることはせず、相手の反応を確かめながら次の一手を考えるタイプの男らしい。

特捜部が手掛ける事件は大抵が政治汚職と経済事件だ。いち個人の犯罪よりは組織ぐるみ関係者ぐるみの犯罪が圧倒的に多い。もし全てを自白すれば、迷惑は己ばかりか関係者全員に及ぶ。彼らを裏切れない重圧を背中に受けて、容疑者は検察官と対峙する。

　一方、検察官にしてみれば相手は護るものが多過ぎる。護るものが多いのは、それだけ弱味が多いことを意味する。多様な質問を繰り返し、当該容疑者が何を恐れているのかを探り当てれば、検事調書は完成したも同然だ。高峰は対容疑者の問答を想定して聴取の場に臨んでおり、不破の反応を計っているフシがある。

「世間やマスコミだけじゃない。前回に引き続き最高検からの追及も苛烈だ。苛烈な理由は言うまでもなく検察庁の威信を取り戻すため、当事者の大阪地検には辛酸を舐めてもらう必要がある。つまり免罪符を得るための生贄という訳だ。だから折伏検事以下最高検から派遣された検事の詰問は、そりゃあキツいものだった。最初っからわたしを裏切り者呼ばわり、全検察官の面汚しだと罵倒する有様だ」

「岬次席もですか」

「いや……あの人は少し違っていたな。怒るというよりは途方に暮れているようで、わたしをどう扱っていいのか迷っている印象だったな」

「迷っている訳じゃありません。あなたが本当に文書の差し替えをするような人間なのか見極めようとしているだけです」

「ああ、そう言えばあなたは以前岬次席の部下だったそうだな。ははあ、さては取り調べ担当にあなたが加わったのは岬次席の差し金だったか。さぞかし東京地検では良好な上司と部下の間柄だったんだろう」

「岬次席と同じフロアにいたのは一年だけです。言葉を交わしたのも数える程度でした」

「へえ。てっきり岬次席の薫陶《くんとう》を受けたものとばかり思っていたな。だからあなたも容赦なく責め立ててくると決めつけていた。いや紳士的な対応はここまでで、いよいよ大阪地検のエースたる苛烈な詰問が始まるのかな」

相変わらず高峰は相手の出方を探ろうとしているようだ。無駄な試みだ、と美晴は高峰に告げたくなる。これしきの挑発で感情を覗かせる人間なら美晴も苦労しない。

「わたしに与えられた仕事はあなたを詰問することではありません」

「じゃあ何を命じられたというんだ」

「高峰検事が文書の差し替えをしたかどうかの解明です」

あまりに単純明快な答えに、高峰は虚を衝《つ》かれたようだった。

「不破検事。あなたが稀に見る堅物なのは知っている。打算で動いていないらしいのもだ。しかしそんな教科書じみた信念が、同じ検察官に通用すると思うのか。こちらも今まで性悪でふてぶてしい容疑者を散々相手にしてきたんだ」

「教科書じみた信念の何が悪いのか、わたしにはよく分かりません」

言葉の抑揚が激しい高峰に対し、不破のそれはあくまで淡々としている。

「高峰検事。大阪地検におけるあなたの立ち位置はあなた自身が一番よく承知しているはずだ。あなたをはじめ現在のメンバーは、不祥事でどん底まで堕ちた地検特捜部の威信を回復するために投入された生え抜きです。その中心人物であるあなたがこんな不正をするとは俄には信じ難い」

「そう言ってくれるのは嬉《うれ》しいが、いささか買い被《かぶ》りのような気がしないでもない。今回の件は無実にしろ、所詮わたしは俗物だよ」

「俗物なら、さっさと隠していることを話してください。秘密を後生大事に抱えていられるのは、相応の覚悟を持った者だけです」

「引っ掛かる言い方をするんだな」

高峰は逆に挑発されたと思ったのか、不快そうに唇を歪めた。

「わたしのプライドを刺激していいように操るつもりなら興醒《きょうざ》めだ。こっちだって海千山千の政治家たちとやりあった実績がある」

「知っています」

「文書の差し替えをしたとわたしの口から言わせるのが目的だろうが諦めろ。事実でないものには首を縦に振れん。あなたも大阪地検のエースと謳われるのなら、わたしの自白など期待せず、自分で解答を引き出してみたらどうだ」

これもまた高峰の挑発に違いなかった。目には目を歯には歯を。相手と同じ手法を繰り返していれば千日手《せんにちて》になる。

ところが不破には通用しなかった。

「そうします」

それだけ言って、やおら立ち上がった。高峰は意表を衝かれた様子だったが、驚いたのは美晴も同じだ。

「もう終わりなのか」

「今日はこれ以上話していても進展が望めません。時間の無駄です」

不破は毛ほどの未練も見せずにドアへと向かう。美晴はぽかんとしている高峰を置き去りにして、後を追うしかなかった。

「検事」

背後から呼び止めても不破は振り返ろうとしない。

「本当にあれで終わっていいんですか」

「終わると誰が言った」

いつもと同様、何の感情も籠もらない声だ。

「こちらにあるのは、先に調査チームが駆使した材料だけだ。高峰検事にはとうに手の内が知れている。そんな戦況で玉砕するつもりはない」

では、どんな材料を仕入れるつもりだ——質問しようとして思い留まった。

どうせ自分は不破の影だ。この男についていくしかない。


翌日、不破が執務室に呼びつけたのは安田調整官だった。

安田啓輔の第一印象は仔犬《こいぬ》だった。俯《うつむ》き加減でおどおどしている様子は、冷たい雨に打たれ箱の中で震える捨て犬そのものだ。この優男が偉丈夫の高峰を相手に一歩も引かなかったというのがとても信じられない。

「お呼び立てして申し訳ありません」

「いえ……どうせ勤め先では何もできない身分ですので」

決裁文書に絡む差し替え疑惑では、まだ誰も逮捕されるに至っていない。逮捕・勾留に値するような証拠物件がなく、こうして任意出頭を続けているのが現状だ。もちろん近畿財務局の方でも国有地払い下げに関して便宜を図った疑いのある職員を通常業務に充《あ》てる訳にもいかず、半ば飼い殺しにしている日々なのだという。

「お呼びになったのは、やっぱり国有地払い下げに関しての事情聴取ですか」

「それもあります。しかし、あなたは一貫して荻山理事長からの利益供与を否定している」

「そんな事実、ありませんから」

語尾はか細く掻き消える。

「しかし生活は割に派手ですよね。いいマンションに住んでいるし、先月も高級車に替えたばかりだ」

「あのマンションは先の住人が自殺した事故物件で、家賃は相場の半分です。僕の月給でも払えます。クルマだって曰《いわ》くつきの中古です。放出《はなてん》の中古車センターで店主に勧められて買ったんです」

「どんな曰くですか」

「よくは知りません。店主も詳しく教えてくれませんでしたけど、大方こっちも事故車か何かだったんでしょう」

「よくよく事故物件に縁がありますね」

「そういう星の下に生まれたんですよ」

「では当該国有地までが事故物件だったというんですか」

ぴくりと安田の眉が反応する。

「公示価格から見ても近辺の売買事例から見ても、相場の半額以下の値段になっている」

「周辺の物件が売れているのは条件がいいからですよ。四十坪の更地は宅地に向いている。ところが八千七百平米の物件になると、おいそれと手が出ません。どこかのデベロッパーが分譲地にでもすれば足が早いんでしょうけど、国有地は販売目的では払い下げも認可が下りない。実勢価格が下がるのはむしろ当然なんですよ」

「しかし学校設立が目的であったとしても、常識を逸脱した価格設定は反社会的の誹《そし》りを免《まぬか》れません。その非常識さにあらぬ疑いをかけられても文句は言えません」

「常識を逸脱した価格というのは大袈裟です」

意外にも安田は不破相手に善戦する。見かけは軟弱だが、高峰の詰問に耐え抜いただけのことはある。

「さっき事故物件の話が出ましたが、実際にあの土地も曰くつきといえば曰くつきなんです」

「説明してください」

「あの土地、戦中は軍需工場が建っていたんです。終戦後は旋盤工場になってしばらく稼働していたんですが、不況で呆気なく潰れてしまいました」

「工場が閉鎖されるまで多額の税金が未納でしたね。工場主は未納分を物納するしかなく、工場跡地は国有地となった。その経緯くらいは知っています。わたしが知りたいのはあの土地に纏《まつ》わる曰くとかいうものです」

安田は俯いたまま不意に口を噤む。

「どうしました」

「不動産における事故物件には様々な要因があります。僕の住まいのように自殺者が出たとか、周辺に墓場や火葬場があるという分かりやすいものから、治安がよくない、近隣住民にタチのよくない者がいるといった風評に近いものもあります」

「ええ。風評被害が想像以上に深刻なのは東日本大震災で露呈しています」

「ただ、地元住民しか知らない風評というのも存在します。それを明らかにするのがタブーとなれば公表もできません」

「つまり岸和田市向山の物件が不当に安価なのは公表できない風評のためだというんですか」

「ええ。慎重にも慎重を期して扱わなければならない話です。ところが取り調べに当たった高峰という検事は居丈高でがさつで、周辺住民への気兼ねなんて関係ないという雰囲気でした」

「それで話す気になれなかったんですか」

安田は渋々といった体で頷く。

「しかしあなたが話さなかったばかりに、今度は不必要な疑惑が生じてしまった」

語調は穏やかだったが、安田は詫《わ》びるように頭を垂れた。

「取り調べで交わされる機微情報が外部に漏洩することはありません。これ以上誤解を生まないためにも、あなたが知っていることは全て話してください」

安田は頷くと、ゆっくり顔を上げる。

「さっき戦中は軍需工場だったと言いましたよね。その工場は有毒ガスを製造していた形跡があるんです」

「化学兵器の開発ですか」

「今となっては確認のしようもありませんが、イソシアン酸メチルを原料とした兵器だったようです。ところが終戦を迎え、軍は毒ガスを製造していた事実を占領軍に知られたくなかったので、保管していた毒ガスの原料を敷地の地中深く埋めてしまったという話なんです。本来なら除染が必要なのに、ただ頬被りをして放置してしまった。噂が事実なら深刻な土壌汚染です」

「土地が安い理由はそれだけですか。仮にそうだとしても、土壌汚染の疑いのある土地の上に学校を建設するのは問題ではありませんか」

「毒ガス云々はあくまでも噂ですし、仮に噂が事実であった場合の除染費用も考慮しての価格なんです。しかし価格の根拠を公表する訳にもいかず、公表しないままでは安過ぎると批判される。どうにも扱いにくい物件でした」

不破の背後でやり取りを聞きながら、美晴は肌が粟立《あわだ》つのを抑えられなかった。

戦時中の有害物質がいつまで効力を保持しているか、またイソシアン酸メチルなる薬品がどんな毒性を持っているのかは知らない。しかし、戦時中の亡霊が平成の世に災《わざわ》いの影を落としている事実に慄然《りつぜん》とする。

「たとえ噂にしろ、物騒な話であることに変わりありません。それにも拘わらず国有地払い下げの段になって周辺住民が口を閉ざしているのは、要らぬ風評で己の資産価値が目減りするのを嫌っているからです」

「当の荻山理事長は噂の内容を知っているんですか」

「本人に確認したことはありませんが、不当に安い金額を提示してきたのを考えれば、知っていたと考えるのが妥当でしょう」

「荻山理事長は、申請の妥当性や購入価格についてあなたから様々なアドバイスをもらったと話しています」

「わたしから土壌汚染について言及した覚えはありません」

「荻山理事長の証言によれば、学園の全資金を投入してもまだ提示額に足りなかった。それで兵馬議員に働きかけて金額を調整させたとのことでしたね。それは事実だったのですか」

滑らかに動いていた安田の舌が、また動かなくなった。

不破は急《せ》かすような真似をするつもりはないらしく、安田が自ら話し出すのを待っている。

一分近くも沈黙が続き、耐えきれないように安田が口を開いた。

「……憶えていません」

よくも白々しく言えたものだと思う。兵馬議員に口利きを依頼したのは当の荻山理事長が口外しており、国民周知の事実ではないか。この期に及んで知らぬ存ぜぬを貫くのは、供述することで組織への忠誠心を疑われるのを恐れているからに違いない。

これが役人根性というものなのか。自らも公務員である美晴は、まるで薄汚れたもう一人の自分を見るようで居たたまれない。

「質問を変えます。近畿財務局の決裁文書に関してですが、原本は特捜部に押収され、その後財務局の要請によってコピーが送られてきたんですね」

「はい」

「コピーの内容は確認しましたか」

「はい」

「決裁文書の中には、あなたと荻山理事長との間に交わされた交渉記録が記載されています。特捜部に押収される前後で改竄もしくは差し替えられた形跡はありましたか」

回答なし。

「内容を確認したのなら、相違があったかどうかくらいは判別できるのではありませんか」

またもや重い沈黙が下りてくる。

安田の腹が読めた。誠実に供述しているように思わせているが、その実自分に不利な証言にはことごとく口を噤んでいる。面従腹背とはまさにこのことだ。

「我々が差し替えられたのではないかと疑念を抱いているのは文書の二十四ページ目です。写しを用意しました」

不破は一枚のコピーを机の上に置く。安田の目が文面に注がれる。

コピーは美晴が取ったので内容もあらかた憶えている。

『4　特例承認の決裁文書
近畿財務局から荻山学園に対し、①当局の審査を延長すること、②岸和田市に対して、開発行為等に係る手続のみを可能とする「承諾書」を当局から提出すること、③売り払いを前提とした値下げ交渉については協議させていただく旨を回答。

大阪府が荻山学園の設置計画書を正式に受理し、平成26年定例私立学校審議会での本件諮問《しもん》に向けて事務を進めることを決定。

近畿財務局から大阪府私学課小中高振興グループに対して、審査基準（総負債比率制限）について照会。

荻山学園が本地を購入するために銀行等から借り入れを行う場合だけでなく、延納売り払いの場合でも延納額が負債として計上されることを確認（現状の収支計画では審査基準に抵触し、本地を即購入することができないことを確認）。』

「このページだけ読めば一見決裁に関わる経過報告ですが、前ページでは荻山理事長から審査基準について相談を受けたという報告が尻切れトンボのかたちで終わっている。つまり相談の中身に言及しなければならない箇所が、唐突に審査延長の説明に移っている。文章の流れに即しておらず、ひどく不自然な文書になっています。こうした決裁文書は、通常担当課の係員が起案し係長、課長補佐の順に審査され、担当課長、総務課審査ライン、局総務課長、局長へと上がっていきます。つまりこの文書の起案者は調整官である安田さんであり、改竄なり差し替えがあれば真っ先に気づくのがあなたであることを意味しています」

現物を突き付けられても尚、安田は沈黙を守っている。ただし不破を直視するのが嫌なのか、視線はコピーに落としたままだ。

「記憶にないと繰り返していれば逃げられると思っていますか」

不破の質問が尖《とが》る。

「沈黙を貫いていれば偽証したことにはならないと、高を括ってはいませんか」

決して昂《たかぶ》らない口調だから余計に迫力が増す。安田の額にはうっすらと汗が浮き、目にも焦りの色が滲んでいる。

「国有地とは字面通り国の財産です。不当に安くすることは国に損害を与える行為であり、公務員として最大の背任行為であるのを承知していますか」

これにも安田は答えない。だがその顔色が充分以上に心得ているのを物語っている。

「最後にお訊きします。あなたは取り調べを受けるまで高峰検事とは面識がありませんでしたか」

「ありません」

「同じ大学で三歳違いでもですか」

「聞いたところによると検事は法学部でラグビー部に所属していたんですよね。じゃあ僕とは全く接点がありません。何しろ関西では一番のマンモス大学でしたからね。同じキャンパス内を歩いていても、まるで通行人同士みたいなものですよ」

4

翌日、不破が聴取に当たった三人目は荻山理事長だった。もちろん国有地払い下げに関しての当事者なので事件関係者には違いないが、いざ本人を目《ま》の当たりにすると改めて胡散臭い人物との印象を受けた。

私学の理事長を務めるからには相応の知性や威厳が欲しいところだが、荻山にはそうした資質が微塵も感じられない。太い眉と厚い唇、ぎょろりとした目は野卑《やひ》そのものだ。

マスコミの取材に応える姿はざっくばらんで気さくな感じだったが、実物を見るとモニターが濾《ろ》過《か》の役目を果たしていたことに気づく。

「わしは被害者なんですわ」

不破の正面に座って第一声がそれだった。

「世間じゃあ荻山は買国奴だの私欲がネクタイして歩いとるだの勝手なことを言いくさるが、わしはですね、近隣に通う私学がない者のために私財をなげうとうとする男ですよ。言わばこの国の将来を思う憂国の士なんです。それなのに犯罪者扱いをされてええ迷惑です」

自らを被害者だと嘆くものの、言説がいちいち下卑《げび》ているのでどうにも同情しづらい。そもそも国有地を捨て値同然に買い叩いた上で、入学金や授業料は他の私学と同水準で徴収するというのだから、学校経営に疎い美晴の目から見ても、単なるカネ儲《もう》けにしか映らない。理事長である荻山自身、教育者というよりは個人事業主の印象が強いので尚更だ。

「今日も今日とて死ぬほど忙しいのに、検事さんに呼びつけられてやね、痛くもない腹を探られにゃならん。いったい、わしがいつどんな悪いことをしたっちゅうんですか」

荻山は切々と訴えているつもりかもしれないが、美晴には因縁をつけているようにしか見えない。

「お忙しいのは承知していますが、疑惑をかけられている立場として捜査にご協力ください」

「ご協力なら今までになんぼでもしてますよ。わしは児童たちの将来のために汗水垂らしとんのに、折角払い下げられた土地がまだ購入できんときた。それもこれも、れっきとした真っ当な取引にマスコミどもが要らん難癖をつけてきたからや。ああ腹の立つ」

元から饒舌《じょうぜつ》なのだろう。荻山はここを先途《せんど》と喋りまくる。喋れば喋るほど己の嫌疑が晴れていくと信じているような勢いだった。

「購入された土地は曰くつきの物件だったと聞いています。だから相場を無視したような価格で手に入れることができた」

「ああ、あの毒ガス兵器が何ちゃらとかいう噂でしょ。物騒な話には違いないけど、所詮噂は噂。

何も証拠がない。第一、兵器工場の跡に建てられた旋盤工場では原因不明の人死にがあったなんて話もない。とかくね、戦前戦中の秘話なんちゅうのは面白おかしく語られる与太《よた》なんですよ」

荻山は馬鹿馬鹿しいというように、片手をひらひらと振ってみせる。

「しかし、そうした与太にも丁寧に対処するのがわしの流儀でしてね。跡地は徹底的に除染処理をする。購入価格が低いのは予《あらかじ》め除染費用を見積もっとるからですわ」

「当該物件の適正価格がいくらであるかは興味ありません」

「へっ」

「仮に適正価格があったとして、土地には四価《よんか》が存在し、更に個別要件が関わってきます。相場との比較のみで高いとか安いとか論じるのはピントがずれている」

「その通りっ。いやいや、検事さんは土地取引というのを分かってらっしゃる」

「しかし一方、国有財産を転用する取引なので売買の過程を明確にしなければ国民が納得しない」

「まあ、確かにそういう側面はありますなあ。でも検事さんは購入価格には興味ないんでっしゃろ」

聞けば聞くほど荻山があまり評判のよくない不動産業者のように思えてきてならない。

「わたしが興味を持っているのは、こちらの方です」

不破は荻山に紙片を差し出す。お馴染みとなった決裁文書の二十四ページ目だ。荻山は一瞥するなり合点したように頷く。

「これやったら、もう飽きるほど見せられましたわ。それも無理やり」

荻山は紙片を指先でとんとんと叩く。

「前ページまではあなたと近畿財務局安田調整官との交渉記録になっています。一読すると、交渉経過がそこでぶつ切れになっている感があります」

「ぶつ切れも何も交渉内容の頭から尻まで全部を記載する必要はないでしょ。よお知りませんけど、こういう公式文書ちゅうんは要点さえ押さえといたらええんと違いますか。わしんとこに押し掛けた記者さんたちは、書かれてへん部分に議員さんの名前があるやろとか違法な取引の証拠があるとか書き立ててますけど、ないない、そんなもん」

「では少なくとも交渉経過の出だしは記述されているんですね」

「いや。この文書では最初から岸和田市の物件ありきのように記されとるが、実際は他に二つの候補地があった。一つが門真市《かどま》八百万町《やおよろず》、も一つが同じ岸和田市寺井町《てらい》の物件。三カ所とも八千平米以上の国有地やけど、門真市のは価格がバカ高《たこ》うて、岸和田市寺井町の方は価格は向山と同等やけど、安田はんは周辺環境の理由で寺井町は小学校建設地に不向きやと助言してくれた。そんなこんなで向山に候補地が固まったんやけど、その辺りの経緯は割愛してあるな」

「インタビューでは取引に関して少なくないカネが動いたと答えていたようですが」

「そら検事さん、仮にも八千七百平米の国有地を買おうっちゅうんですから、多少のカネは動きますって。ただね、それを贈収賄とひと言で片づけられたらわしも立つ瀬がない。特に兵馬先生との関係やけど元々わしは先生の後援者やしね。贈収賄云々の危ない話以前に応援する者とされる者の密接な関係がある。一杯奢《おご》る時もあれば奢られる時もある。そんなんまで全部利益供与と括られたら、人間関係やってかれしまへん」

荻山の供述はテレビなどで見聞きする内容と少し違い、歯切れも悪ければ逃げている部分もある。

これは検察官とのやり取りが検事調べでの正式な供述に扱われるのを知った上での対応だろう。言い換えれば放言と証言を巧みに使い分けて、言質を取られないようにしているのだ。

とんだタヌキ親爺だと思ったが、聞き手の不破はいつもと同様に感情を表さない。次第に荻山も不破の無表情に気づき始めたらしく、気味悪げに眉を顰《ひそ》めた。

「前段の交渉経過を見ると、近畿財務局側の提示した価格を学園が用意できないとなり、審査の延長が決定されます。その直後、突然に荻山理事長の言い値で売却価格が決定します」

「わしに聞かれても困りますな。確かにわしは学園が出せる金額を伝えましたけど、それを決定するんは財務局側ですしね。何がどう動いて価格が決まったのか、わしに分かるはずがない」

「何がどう動いたかが記述されていない。それこそが差し替え問題の肝となる部分です。何故、記述がないと思いますか」

「せやからね、そういうんは全部財務局側の都合やから、わしは与《あずか》り知らんと言うとるんです」

「質問の意図を正確に把握されていないようなので別の言い方をします。交渉内容の後半部分を差し替えることで利益を得る、または被害を免れるのは誰だと考えられますか」

改めて問われた荻山は、訝しげに不破を見る。

「いったい検事さんは誰に照準を合わせてるんですか」

「質問しているのは、わたしです」

「決裁文書が財務局の作成したもんなら、当然財務局側の利益に与するに決まってますやろ。役所が手前に都合の悪い文書なんか作る訳がない」

それなりに納得できる理屈だが荻山の口から発せられた瞬間に胡散臭く聞こえるのは、発した本人の人となりによるものとしか言えなかった。どうしてこんな男が学校法人の理事長を務めていられるのか、美晴には不思議でならない。

「せやから、わしは被害者や言うんです」

荻山は最前の泣き言を繰り返す。

「人の世のため、善かれと思ってやっていることが、役所の思惑で捻《ね》じ曲げられる。ホンマ、信じられん」

熱く訴える荻山に対し、それを見つめる不破の目はあくまで冷徹だった。

「現在、土地購入の話は進捗していますか」

「マスコミ報道があってからというもの、止まったまんまです。それどころか銀行はいったん決まったはずの融資を白紙に戻してくれ言い出すし、泣きっ面に蜂ですわ」

「もう一つ質問します。国有地払い下げの件が発生する前、安田調整官と面識はありましたか」

「全然。全く。これっぽっちも」

荻山は何を今更というように答えた。

「直接顔を合わせたんも一回こっきりです。わしみたく教育に携わっとる人間と財務局の役人との接点なんて、そうそうありませんよ」

「高峰検事とはどうですか」

「尚更ありません」

ひときわ大きな声だった。

「仮にも教育者が検察の関係者と顔見知りなんて冗談にもならん。そこいらのヤクザ者じゃあるまいし」

「今日のところは以上です」

不破は至極事務的に告げる。荻山は少し拍子抜けしたようだった。

「ホンマにこれで終わりですか。えろう、あっさりしてますな。そしたら失礼しますわ。わしも大概忙しい身ィですよって」

荻山が席を立った時だった。

「後で文句を言われても対処できないので、予めお伝えしておきます。先ほど興味を持っているのは文書の差し替えだと言いましたが、あくまでも現時点のことです」

「どういう意味ですか」

「捜査の過程で贈収賄の容疑が濃厚になれば、無論そちらの立件も視野に入れます」

弛緩《しかん》していた荻山の顔が、さっと緊張する。

「知らぬ存ぜぬを続けていれば逃げられると思ったら大間違いです。そして偽りの言葉がいつまでも有効と考えるのも間違いです。食事をすれば排泄《はいせつ》される。歩けば足跡が残る。何かをすれば何かの痕跡が必ず残る。隠れたものはいつか白日の下《もと》に晒《さら》され、虚偽はいつか剝がれ落ちる」

最後には戦々恐々といった体の荻山が退出すると、美晴はようやく緊張の糸を解《ほど》いた。

「なかなか尻尾を出しませんでしたね、荻山理事長」

不破はそれには答えず、決裁文書二十四ページ目のコピーに視線を落とす。無視されるのは慣れているので、美晴は言葉を継ぐ。

「テレビで見るより、ずっとふてぶてしいですよね。絶対、何か隠しているに決まっています」

「論理的じゃない」

不破は顔を上げようともしない。

「ふてぶてしいのと隠し事を抱えているのとは何ら関連性がない。単なる決めつけか、さもなければ根拠のない先入観だ」

「嘘は吐いていないというんですか」

「そんなことは言っていない」

「じゃあ、どんな嘘を吐いたんですか」

「少しは自分で考えろ」


不破から出された宿題で頭をいっぱいにしていると、知らぬ間に一階フロアに下りていた。相も変わらぬ能面なので断言はできないが、不破は早くも手掛かりを摑んだようだった。不破と行動をともにしているというのに、不破が手掛かりを得て自分が空手なのは、やはり納得ができない。昨日から不破が安田や荻山と交わしたやり取りを反芻《はんすう》しながら美晴は必死に考えるが、どれだけ思考を巡らせても二人の供述から明白な嘘を見抜けない。

不破は自分で考えろと言った。敢えてその先は口にしなかったが、容易に想像がつく。単なる決めつけや根拠のない先入観で人を見るような者に仮説を開陳したところで、碌でもない結果を生むだけだからだ。

惑いながら合同庁舎の外に出る。異様な気配を察知したのはその瞬間だった。

乱暴な靴音とともにいくつもの人影が一斉に襲い掛かってきた。咄嗟《とっさ》のことに身体は硬直して動かない。

「惣領さんですよね」

「不破検事付きの事務官さんですよね」

数は十か二十か。前からも左右からも押し寄せるので逃げ場がない。薄暗闇の中でも、彼らがICレコーダーやカメラを手にしているのが分かる。

「文書改竄問題で、大阪地検からは不破俊太郎検事が調査チームに合流したというのは本当ですか」

「調査チームの岬次席は東京地検時代、不破検事の上司だったとか」

「調査チームでは、どこまで調べが進んでいるんですか」

「ちょ、ちょっと待ってください」

美晴は声を張り上げるが、その程度で許してくれる連中ではない。お構いなしに張り付き、美晴から離れようとしない。

腕章を見れば在阪のみならず東京から出張している報道陣も混じっている。荻山学園の国有地払い下げ問題が全国区のニュースになっている事実を鑑《かんが》みれば当然の話なのだが、こうして取り囲まれるとまるで自分が事件の中心人物のような錯覚に陥る。

「惣領さんも当然、調査チームに加わっているんですよね」

不可解なのは不破が調査チームに合流した事実がどうして漏洩したかだった。しかし、これは見当がつく。大阪地検も一枚岩ではなく、殊に不祥事が発生した際には内部を掻き回そうとする不届き者が現れる。今回もそうした輩《やから》が蠢《うごめ》いているのだろう。

「通してくださいっ」

美晴はまた声を張り上げた。脳裏で落ち着けと注意する声が聞こえたが、寄り来る報道陣を目の当たりにすると、どうしても冷静ではいられなくなる。

「大阪地検のいち職員として今回の事件をどう思われますか」

「どうって……」

「特捜部による不祥事が続いています。大阪市民に向けて、何か仰りたいことはありませんか」

「わたし、ただの事務官で」

「責任逃れじゃありませんか。そんな風に事務官が知らん顔を決め込んでいるから、検事の暴走が止まらないんじゃないですか」

何を言っている。

影に本体を止める力なんてあるものか。

「大阪市民だけでなく、全国民から怒りの声が寄せられています。職員の一人として申し訳ないと思いませんか」

どうして彼らはすぐ連帯責任を求めるのだろう。カメラの前で美晴一人が土下座をしたとして、いったいどんな意味があるというのだろう。責任追及を叫びながら、結局は関係者の誰かが平伏する様を見て溜飲《りゅういん》を下げたいだけなのではないか。

「あんたには事務官としての意見もないのか」

意見なら馬に食わせるほどある。だが何の役に立つものでもない。精々、茶の間で寛《くつろ》ぎながら他人の失墜を嘲笑している者たちのエサにしかならない。そんなものを口に出してやるものか。

押し寄せる感情で乱れがちになる頭に、やっとそのフレーズが浮かんだ。

「わたしに指一本でも触れたら訴えます。言葉でのハラスメントも同様です」

ウンカのような連中も、こちらが刑事訴追のプロであることは思い出せたらしい。美晴の発した警告に、いくつもの手と顔が離れていく。彼らの顔には忌々しさと口惜《くや》しさが溢れ返っている。

もうひと言だって喋るものか。

美晴は彼らを押し退《の》けるようにして庁舎前を駆け出す。

肌に突き刺すような風を顔に浴び、自然に涙が出てくる。

冷気のせいなのだと自分に言い聞かせた。

三　馴れ合い許すまじ

1

翌朝美晴が早めに登庁すると、不破はデスクの上に山積みとなった文書と格闘している真っ最中だった。東京から派遣されてきた調査チームとは違い、日常業務をこなしながら文書改竄事件を担当している不破は、検事二人分の仕事をしていることになる。早朝出勤はそれが理由だが、連日連夜の長時間労働で倒れはしまいかと美晴は不安に思う。何しろ、前回の事件で負った傷はまだ完治していないのだ。

少しでも不破の負担を軽減してやりたいと思うものの、美晴ができる作業は所詮補佐でしかない。美晴ははらはらしながら不破の仕事ぶりを目で追う。こちらの心配をよそに不破は顰め面一つせずに員面調書を読み込んでいく。

「わたしの顔に何かついているか」

いきなり問い掛けられて慌てた。

「いえ。ただ大丈夫なのかと思って」

「通常通りだ。事務官が気に病むような不摂生はしない」

　不摂生はしない代わりに無理をするではないか——喉まで出かかった言葉をすんでのところで呑み込んだ。

「検察官の健康状態を気にする余裕があるのなら、洗い出しをしてもらう」

　不破は山積みになった文書類の中から二冊のファイルを取り出した。

「検察庁と財務省の職員名簿だ。この中から高峰検事と安田調整官二人の同期生を探してくれ。同じ大学で同期になった人間が何人かいるはずだ」

　二人はともに関西有数のマンモス大学、京阪《けいはん》大学の卒業生だ。検察庁や財務省にもOBが多いと聞く。

「同級生を抽出してどうするんですか」

「二人の間に交友関係があったのかどうか。あったとすればどんな関係だったのか。それを確認したい」

「検事は、あの二人が以前からの知り合いだとお考えなんですか」

「確認したいだけだ」

　あっさり言われたが、ファイルの厚さを見て美晴は尻込みしそうになる。官公庁の職員名簿はデータベース化されているが、だからといって司法関係者が無許可で覗けるものではない。もちろん検察庁職員については閲覧可能だが、出身大学で絞り込む機能はないため、結局は紙ベースで検索していくより他にない。しかも該当者をピックアップした後は一人一人、勤務先にヒヤリングをかけなくてはならないので、事務仕事は深夜帯に集中するのが予想される。これで本日も残業決定だ。

愚痴の一つもこぼしたいところだが、相手が自分の二倍以上もの仕事をこなしているのを知っているので迂闊《うかつ》なことは言えない。優秀で働き者の上司を持つのは不幸なのだと思い知る。

職員名簿から該当者を抜き出すのを始めてから、改めて労多くして功少ない作業だと感じた。まず検察庁勤めの人間から当たってみたが、同じ出身校で同期入庁であっても、高峰と親交の深かった者はなかなか現れなかったのだ。

『高峰仁誠？　ああ、もちろん知ってますよ。テレビや新聞であんだけ騒がれてますでしょ。同期としては恥ずかしい限りで。え、大学時分に誰とつるんでいたかですって。しかも四回生の時ですか。ううん、司法試験直前でしょ。まともに外出した憶えもないし、他人のことに気ィ回してるヒマなんて全然なかったですから』

『高峰くんのことはよお憶えてますよ。法学部なのにラグビーやってるヤツなんて珍種扱いゆうか突然変異みたいなもんですから、そら目立ちますよ。毎日毎日六法全書読んでるヤツらの中に、一人だけ筋骨隆々の体力バカが混じってるんですから。違和感バリバリですよ。そんなん近づこうなんて物好き、おりません』

『うーん。同じ法学部ゆうてもおっそろしい数がいましたから。あんだけのガタイがあるから目立ってたけど、特定の友達がいたかどうかなんて知りませんよ。申し訳ないですけど』

『四回生ともなると試験勉強するヤツか、きっぱり諦めて就職活動するヤツに分かれて、みんな血《ち》眼《まなこ》になってますからねえ。そんな時に一回生の坊主とつるんでたなんて有り得ないですよ』

『高峰。あの同期の面汚しですか。気分悪うなるから、あんなヤツの話なんて聞かんでください』

折角該当者を見つけて話を聞いても、高峰に対する嫌悪が色濃く滲み出るだけで、まともな証言にならない。同期の者が大阪地検特捜部で活躍していること自体が目障《めざわ》りだと言わんばかりだ。そこまで嫉妬深くない者でも、今回の一件で高峰の落魄《らくはく》ぶりを冷笑する向きがほとんどだった。

大阪地検内でも検事同士が牽制《けんせい》し合う風景は珍しいものではない。中には牽制どころか反目し合っている者たちすら存在する。まさか、それが検事全般の傾向だとは思いもよらなかった。

検察官という職業が一種のエリートであるのは否定しない。エリートと呼ばれる者たちは選《え》りすぐりの人間たちであり、幾多の競争に勝ち抜いてきた勝者たちであるのも否定しない。だが彼らが同僚の失脚を喜ぶのを目の当たりにすると、間違ってもエリートなどになりたいとは思わない。かく言う美晴も副検事を目指している身だが、少なくとも人の不幸を祈るような人間にはなりたくない。

検察官という人種にほとほと嫌気が差した後で事務作業に移ると、ほっとした。いつもは事務的な印象しかない証拠物件のチェックや検事調書の作成が砂漠のオアシスのように思える。

作業に没頭していると、不破がぼそりと呟いた。

「仕事中の鼻歌はやめろ」

指摘されて初めて気づいた。

「すみません。つい反動で」

「何の反動だ」

誤魔化そうとしたが、どうせ突っ込まれたら白状する羽目になるのは分かり切っている。

「昼間のヒヤリングが結構辛かったです。その、皆さんの高峰検事に対するバッシングがきつくて」

「不正をした同僚に厳しいのは当然だ。同情すれば自分も同類だと見られる」

「不正といっても、まだ疑惑をかけられている段階ですよね」

「事情を深く知らないのであれば、不正は庇うよりも糾弾した方が外聞がいい。世渡りが上手な人間は大抵そうしている」

「じゃあ、不破検事は世渡り上手じゃありませんね」

しまったと思ったが遅かった。

不破は温度を感じさせない視線でじろりとこちらを見る。

「君は検察官全般に先入観を持っている。しかも間違った先入観だ」

「不正をした同僚に厳しいのは当然だと、検事も仰ったじゃありませんか」

「厳しいのと足を引っ張るのとは別物だ。君のヒヤリングした相手が何をどう言ったか大体の想像はつくが、電話口で聞いた内容を鵜《う》呑《の》みにするな」

「まさか。今日ヒヤリングした相手が全員嘘を吐いているっていうんですか」

「事件に関するヒヤリングだから高峰検事に関する内容について嘘は吐かないだろう。だがさっきも言った通り、疑念を持たれている同僚を庇い立てはしたくない。当然、口調も突き放したものになる。質問事項にはないから、高峰検事への心証も本音を言ったかどうか分かったものじゃない。本音かどうかは相手の顔色と今までの交渉経過を鑑みて判断するものだ。初めての相手を電話だけのやり取りで決めつけるなと言っている」

最近は薄れてきたが、不破と話していると己の至らなさ不甲斐《ふがい》なさが露呈されるようで居たたまれなくなる。そして居たたまれなさを誤魔化すために、自分から挑んで撃沈するのがいつもの展開だった。

「いったい不破検事は高峰検事を庇っているんですか。それとも他の検事たちを庇っているんですか」

「誰も庇ってはいない」

すぐに熱くなる美晴の言葉に対し、不破のそれは冷水そのものだ。

「何にしろ誰にしろ、真偽を見極めたいだけだ」

思わず言葉に詰まる。他の者が喋ると胡散臭い建前にしかならない言葉も、不破が口にすると反論することさえ憚られる。

次に言うことが見つからず、美晴は黙って検事調書をパソコンに打ち込んでいく。不破は沈黙を当然の環境として粛々と案件を片づけていく。


結局、二日間に亘って高峰の同期十数人にヒヤリングをかけても安田との交友関係に言及した検事は皆無だった。まだ財務省に勤めている人間への聴取が残っているが、こちらは検察官のファイルよりもずっと分厚い。少し考えてみればそれも当然で、いかに財務省入省が狭き門といっても国家公務員総合職試験よりは司法試験の方が数段難関であり、しかも採用人数は桁違いだ。

今度は何日かかることやらと内心で溜息を吐きながら、全国の財務省関連組織に散らばった安田の同期生たちに連絡を試みる。

『安田調整官ですか。知りませんよ。いくら同窓生だからといっても京阪大から財務省に入省した人間が何十人いると思ってるんですか』

『安田啓輔。ああ、もちろん知ってますよ。いや、最近になって思い出したというのが正確かな。まあ連日のようにニュースで名前を出されてたらねえ。記憶だって蘇《よみがえ》りますよ。ただし記憶といっても、目立たないヤツだったから印象は限りなく薄いですよ。交友関係なんてとてもとても』

『印象ですかあ。何か教室の隅で息しているだけっていうか、ひたすら暗い印象しか残ってませんね。そういう人間って友達少ないし』

『申し訳ありませんけど、在学中も入省後も一切接触はありませんからっ』

『安田調整官は我々同期の面汚しです。彼の話をすることさえ汚《けが》らわしい』

憎々しげに安田を指弾する者がいる一方、意外にも彼を擁護する者も存在した。

『あー、安田さんね。まだ頑張っているみたいですね。マスコミの連中はこういう時にすぐ役人を叩こうとするけど、本来責められるべきは学園側か政治家のはずなんですよね。大きな声じゃ言えないけど、同期のヤツらはみんな言ってますよ。安田は見せしめみたいなもんだって。ほら、大衆ってこういう時には誰か一人を徹底的に貶《おとし》めればガス抜きができる訳だし』

『これはオフレコですけどね、誰だって安田くんと同じ立場に立たされる可能性があるんですよ。だからみんな息を潜めて事件の行く末を見守っている。明日は我が身だって』

『彼は被害者ですよ。だって安田くんには何の利益供与もない訳でしょう。学校法人と議員の間に挟まれて、二進《にっち》も三進《さっち》もいかなくなった挙句の行動なんですよ』

『気の毒だとは思いますけどね。生憎《あいにく》、彼とは一面識もないもので』

興味深いのは高峰の場合と異なり、少なくない数の同期生たちが安田に我が身を投影していることだった。被害者意識と言ってもいい。安田に同情を示した者たちだけではなく、多くの職員が自分たちは政治家に翻弄される側なのだと卑下しているようなのだ。

国家公務員総合職試験に合格した彼らは、美晴には少し眩《まぶ》しい存在でもある。その彼らが卑下したり萎縮したりする姿を見ていると、心が折れそうになる。偉そうなことを言うつもりはないが、国の行政を支える公務員たちにはもっと泰然としていてほしいと思う。徒に被害者意識を持たず、毅然《きぜん》としていてほしいと願う。

ところがともすれば萎《な》えそうな自身を叱咤《しった》しながらヒヤリングを続けていると、二日目に思いもよらない返事を聞いた。

『安田くんと高峰さんの間柄ですか。ええ、僕知ってますよ』

まさかと思い、念を押してみた。

「近畿財務局の安田啓輔調整官と大阪地検の高峰仁誠検察官ですよ。間違いありませんか」

『今、ニュースで取り沙汰されている二人ですよね。ええ、間違いなくその二人です。大学時分に一緒にいたのを見掛けました』

一瞬、思考が停止した。

指示されたから唯々諾々と従っていたが、本当に証言者が現れるとは考えていなかった。まるで干し草の中から針を見つけたようなものではないか。

ちょうどその場に不破が居合わせた。電話の内容を伝えると、すぐにアポイントを取るようにとの指示が飛んできた。

『昼休みの三十分程度なら構いませんよ。しかし折角ご足労いただいても大した話はできないと思いますけど』

「どんな話でも結構です。ご協力感謝します」

電話を切ってから不破を見たが、相変わらず喜んでも驚いてもいなかった。

「このことを、早速調査チームにも情報共有して」

「要らん」

「じゃあ、せめて岬次席には」

「まだ共有するような情報じゃない。相手と面談し、真偽を確認し、信じるに足る情報だと確信した時に伝えればいい。不確かな情報はこういう場合には夾雑物《きょうざつぶつ》にしかならん」


翌日、不破と美晴は件の証言者から聴取するため、神戸市中央区《ちゅうおう》の海岸通《かいがんどおり》に向かった。幸い証言者は神戸財務事務所の総務課に勤めており、大阪地検からも遠くなかったのだ。

「よろしく。鈴木《すずき》です」

待ち合わせ場所である合同庁舎近くの喫茶店。不破を目の前にした鈴木一人《かずと》は、軽く頭を下げた。

ひどく人懐《ひとなつ》こい男で、初対面だというのに愛想がいい。作り笑いでないのは美晴にも分かる。もちろん財務局勤めをしている者が四角四面な人間ばかりとは思っていないが、これほど友好的な人物も珍しいのではないか。対する不破が徹底して愛想のない男なので、真逆の二人が向き合っている図は傍目にも奇異に映っているに違いない。

「国有地払い下げに関しての捜査ですよね。検察官がわざわざご自身で捜査に歩き回るのは、やっぱり特捜部案件だからですか」

「それもあります」

「他の理由は何なんですか」

「わたしの流儀だからです」

端的に言い放つ不破を見て、鈴木は破顔した。

「シンプルでいいですね。それにしても安田くんと高峰さんの間柄を調べているのは、二人が示し合わせた上で背任行為をしたと疑っているからですか」

「特捜部は二人が初対面だとずっと思い込んでいました」

「でしょうね。ネットでも二人の間柄について言及した記事は皆無でしたから」

「それぞれの背任が取り沙汰されているのは、荻山理事長からの利益供与が疑われているからです。しかし安田・高峰両名が旧知の間柄だとすると、利益供与以外の理由も考慮しなければなりません」

「だったら、いずれにしても二人を疑っているんですよね」

「ええ。しかし利益供与以外の事情が絡んでいるとなると、ただの背任とも思えなくなります。二人の目論見が背任でなかった場合は、当然のことながらその後の成り行きや処分のかたちが変わってくるでしょう」

ええと、と鈴木は頭を掻いた。

「要するに僕の証言内容如何で二人の運命が変わるという意味ですか」

「その可能性は否定しません」

「参ったな。そんな大層な話になるなんて想像もしてなかったです。精々、二人の思い出話をひとくさりすればお役御免くらいに受け取ってたんですけど」

「鈴木さんが気に病む必要はありません」

「気に病みますよ。まるで法廷に立たされたような気分だ」

「仮に法廷に立たされたとしても、それであなたの証言内容に変化が生じる訳ではないでしょう。あなたの証言が被告人を有罪に向かわせるか無罪に向かわせるかは裁判の趨勢《すうせい》によるものです。証人の責任ではありません」

横で聞いていて、美晴はどうしても堅苦しさと融通の利かなさを感じずにはいられない。嘘でもいいから、どうして二人の疑惑を晴らすために捜査していると言えないのだろうか。

嘘を吐くのは一種の方便だ。真実を解明するための嘘は充分に許容範囲だと思うが、どうやら不破はそう考えていないらしい。

「それでも自分の証言で二人が不利な立場になるのは嫌ですよ」

「このまま放っておいても、二人は最悪のかたちで責任を取ることになります」

思わずこの能面の口を塞ぎたくなる。正直も結構だが、証人の決意に水を差してどうするというのか。

「鈴木さんは学生時代の二人と言葉を交わしたのですか」

「まあ、挨拶程度は」

「二人とも、友人にはしたくないタイプの人間でしたか」

「違います。ただ僕は二人と縁がなかったというだけで」

「あなたの目に好ましいと映ったのなら、その人物を信用してあげてもいいのではありませんか。少なくともあなたの証言一つで二人の印象が今以上にひどくならないと判断できるのなら」

「不破検事、でしたか。丁寧にこちらの良心や正義感を攻めてきますね。ひょっとしたら被疑者にもこういう接し方なんですか」

「わたしの流儀です」

「再び流儀、ですか」

呆れるかと思ったが、鈴木は憧憬《しょうけい》の目で不破を見た。

「羨《うらや》ましいな。官であれ民間であれ、自分の流儀を押し通すなんて、なかなかできることじゃありません。大将でもなく、ましてや足軽でもない中間管理職は上下に挟まれて身動きが取れませんからね。でも不破検事の立場で自分の流儀を貫こうとしたら、さぞかし色んなかたちで抵抗を受けるんでしょうね」

美晴は首が千切れるほど頷きたい衝動に駆られたが、やめた。

「抵抗は特に感じません」

嘘吐きめ。

いや、ことによると本当に表情通り周囲の反感や危惧には無頓着なのかもしれず、それはそれで事務官には災難と言える。

「大したエピソードじゃありませんよ」

「それは鈴木さんの過小評価かもしれません」

「じゃあ、話します。今はどうか分かりませんが、京阪大というのはマンモス校というだけあって、学生もお坊ちゃんから苦学生まで幅広かったんです。お坊ちゃんお嬢さんたちはアパートやらマンションやらで華麗なる学生生活をエンジョイ、いや、これは古い言い方だったな。その、大いに学生生活を謳歌《おうか》していた訳ですけど、一方僕らみたいな貧乏学生は日々バイトに明け暮れ、時間はないわカネはないわの、貧乏暇なしを地でいっていたんです。毎日三度三度の食事にありつける訳もなく、参考書とか買ってたら一週間分の食費が飛んでいくんで、先輩から使い古しを譲ってもらってました」

あまり裕福とは言えない学生生活を送っていた美晴にも似たような経験がある。若い時分、一番応えるのは失恋や生きることへの悩みよりも空腹だった。一日食事を抜くと、焼肉の匂いを嗅いだだけで眩暈《めまい》がしそうになり、ダイエットという単語が嘘くさく思えてくるものだ。だから鈴木の話は皮膚感覚どころか内臓感覚で理解できる。

「それでも僕ら貧乏学生には寮が用意されていましてね。本校キャンパスからは離れていましたけど、寮費がとにかく安いんで他の選択肢もなく入寮したんです」

「ほとんどの学生はそうでしたよ。学生は金欠が枕詞《まくらことば》みたいなものです」

「僕と不破検事は結構歳が違うようですけど、学生時分の事情はあまり変わらないみたいですね。今は少子化の世の中なのでどうなのかな。とにかく欠食児童みたいな生活をしている僕らには救世主と呼べる存在がありましてね。これが寮の近くに店を構える定食屋でした。〈一膳《いちぜん》〉ていう店でしてね。唐揚げ定食とかコロッケ定食とかとにかく安くて。店の主人が、学生には腹一杯食わせてやるって学生割引してくれるんですよ。ご飯と味噌汁はお代わり自由だったんで、寮の学生は言うに及ばず遠くに住んでる学生までが押し掛けてたくらいです」

なかなかに興味をそそる昔話だった。電話口で高峰や安田を罵《ののし》った京阪大の卒業生たちも、その定食屋で空腹を満たしていたかと想像すると、少しだけ許せる気になる。

「その〈一膳〉の常連に安田くんと高峰さんがいました」

ここで二人が登場してくるのか。

「安田くんは僕と同じ経済学部で顔も名前も知っていたんですけど、彼が〈一膳〉で飯を食っている時は大抵ガタイの大きな上級生が横にいました。ダビデとゴリアテ、いや吉本《よしもと》の某漫才コンビみたいで、傍目にも浮いてましたね。それであの偉丈夫は誰だって話になって、彼は四回生でラグビー部の高峰仁誠先輩だって。当時、高峰さんは下級生の間でも有名だったんですよね」

「どういう方面で有名だったのですか」

「文武両道で秀でていたんです。ラグビーではスタンドオフを務めて京阪大を関西のベスト3にまで押し上げる活躍をし、片や司法試験でも合格ライン楽勝と噂される逸材でした。今風で言うならリア充とかいうヤツですよ。対して安田くんはぱっとしない草食男子。つまり誰がどう見ても凸凹《でこぼこ》コンビだった訳です」

「主従関係みたいなものだったのですか」

「いやあ、普通はそうなりやすいですけど、あの二人はちょっと違いましたね。もちろん二人と深く付き合った訳じゃないから確かなことは言えませんが、傍で見ている限り本当に和気藹々としていて、先輩後輩というよりも気の合った友人同士という感じでした」

「どんな縁で二人は友人になったのでしょう」

「さあ、それは……奇妙な組み合わせではあるんですが、何せ僕らは四回生に畏怖に近い感情を抱いていましたし、その中でも高峰先輩というのは別格でしたからね。怖くて、二人には近づくこともできませんでしたよ」

「どちらかが一方を脅していている様子もなく、ですか」

「そんな気配は一切ありませんでした。う一ん、兄弟という雰囲気でもなかったので、やはり対等な友人同士に見えましたね。彼らについて僕が知っていることは以上です」

鈴木は喋り終えると、懐かしそうに目を細めていた。

「その〈一膳〉というお店は今も存在していますか」

「どうでしょうね。僕も卒業してからは一度も立ち寄っていませんし。第一、〈寺井寮《てらいりょう》〉が残っているかどうかも確かめておらず」

「待ってください」

珍しく不破が相手の言葉を遮った。

「今、〈寺井寮〉と仰いましたね」

「ええ、寮の名前です。岸和田の寺井という場所にあったので安易につけられた名前ですよ。安田くんもそこに住んでいました」

ようやく美晴も思い出した。

岸和田市寺井町といえば、国有地払い下げ問題の渦中にある岸和田市向山の物件と並び、荻山学園の建設候補地として名前の挙がっていた場所ではないか。

2

翌日、不破は美晴を伴って岸和田市寺井町にクルマを走らせていた。前日に鈴木から〈寺井寮〉

と定食屋〈一膳〉の話を聞き、すぐに不破が現地行きを決定したのだ。

鈴木の証言は高峰と安田が知己《ちき》の仲であることを示したものの、その性質の言及までには至っていない。現地に赴き、詳細な情報を得ようとするのは至極当然の成り行きだった。

もちろん現地については事前にネットで調べてある。〈一膳〉はともかく、京阪大の〈寺井寮〉は既に廃寮となっており地図上から消えている。それでも不破が現地に赴くのは証人を探してのことだった。

「高峰検事と安田調整官が以前からの知り合いだったのなら、捜査資料の差し替えは安田調整官の汚職を庇うための工作だったんでしょうか」

念のために車中で問い掛けてみたが、案の定不破は何の反応も示さない。いい加減に学習しているはずなのだが、目的も知らされないまま遠出に付き合わされるのには不安が付き纏う。

「不破検事」

「現時点で判明しているのは二人が知己だったという事実だけだ。下手な推測は実態を見誤るからするな」

「昔からの知り合いなら、庇おうとするのが普通でしょう」

「二人が大学を卒業してから既に二十年近くが経過している。十年もあれば人の心が変わるにも間柄が変化するにも充分だ。昔は定食屋でテーブルを挟んでいたが、今は背中を向け合う仲かもしれない。不確定要素で仮説を立てるなと言っている」

指摘されればその通りであり、美晴は口を噤むしかない。

沈黙を守れば自分が見当違いをしていないかと焦り、説明されれば己の見識のなさに落胆する。

万事がこの調子なので、不破と同乗しているだけで心が折れ続ける。

以前、不破とともに行動する辛さを仁科に吐露したことがある。どこかに慰めてほしい気持ちがなかったといえば嘘になる。ところが期待していた言葉はなく、返ってきたのは叱咤だった。

『それはなー、惣領さん。きっつい話かもしれんけど、不破検事はあんたの心を折ろうとして言うてるん違うかな』

『わざわざ、こちらの心を折りにかかるってそんな』

『毎年毎年、新しい事務官が希望に胸を膨らませて入庁するけど、皆が最初に受ける洗礼は先入観の排除やからね。補佐ゆうても被疑者を取り調べたり調書作成したりと、やってる仕事は検察官と一緒。せやったら事務官も検察官と同等の判断力を求められる場合がある。そんな時、変に純情真《ま》っ直《す》ぐやったり妙に熱血やったら判断を誤る。せやから元から脆《もろ》い心なら早めに折っといた方が、事務官として使いやすい』

『心折れ続けて立ち直れなくなったらどうするんですか』

『そん時はそん時。大体、ちょっとしたことで折れるような心を持ってる方が悪い。繊細と精密の違いが分からへんのよ』

ずいぶん乱暴でパワハラめいた警句だと思ったものだが、実際一年を待たずして退職していった事務官も少なくない。これは官民問わずだが、早々に辞めていく新人の数を予め想定して採用者数を決めるらしい。従って一年も経つ頃には適度な人数に自然淘汰《とうた》されるのだが、してみれば新人の心を折るのは一種の篩《ふる》い落としなのかもしれなかった。

このまま脆弱《ぜいじゃく》な心を折り続けた挙句、いったい自分には何が残るのだろうかと考えていると、やがてクルマが目的地に到着した。

京阪大学〈寺井寮〉跡地は月極《つきぎめ》駐車場となっていた。しかも三十台分のスペースには軽自動車が一台きりで、利用者はほとんどいない。

民家はまばらだ。いずれも築年数二十年は超えていそうな物件が、間隔を空けて点在している。どの敷地にも余裕があり、それぞれに駐車スペースが確保されているので目の前の駐車場を借りる必要はなさそうだ。しかも見渡しても店舗はないので、ますます利用価値はない。それでも駐車場にしているのは、更地にしたままで固定資産税を余分に取られるのを嫌ってのことだろう。ストリートビューでおおよその見当はついていたものの、いざ実物を目の当たりにすると言葉を失う。

ここに学生寮があり、百人近くの学生が寝泊まりしていたという事実が俄には信じ難い。人の心が変わるには十年もあれば充分だと不破は言うが、土地や建物が変貌するには十年もかからない。

ここにあった寮に住んでいた安田という学生を憶えているか――まるで雲を摑むような話だが、ここまで来たからには近隣に訊き込まなければ意味がない。不破と美晴は手分けして各戸を廻《まわ》ることにした。

結果は早々に出た。

「学生寮。ああ、ずっと前に建ってたなあ。住んでた学生？　安田ァ？　知らんなあ。いったい出たり入ったりで何人の学生がおった思てんねん。一人一人なんて顔も憶えてへんがな」

「ごめんなさいねえ、あたしら引っ越してきたモンやから。あたしらが来た時にはもう更地やったからね」

「知らん知らん。今、忙しいんや。塩撒《ま》かれんうちに帰れ、このタコ」

「何やおどれ警察のモンか。ウチに何の用や。用がないんやったらとっととと」

戸数が少ない上にけんもほろろの対応なので全部を廻っても三十分しかかからなかった。

「元々、目立つ人じゃなかったみたいですからね、安田調整官て」

収穫なしの弁明をするように美晴が口走るが、不破は気にする様子もなく寮の跡地から離れていく。

「行くぞ」

言われずとも分かっている。次の目的地は〈寺井寮〉から五百メートル先の定食屋〈一膳〉だ。寮の跡地と異なり、〈一膳〉の存在はストリートビューでも確認できなかった。鈴木の話でも所在地は不明確だったのだ。

もし店を畳んでいたら空振りで帰る羽目になる。それだけは避けたいところだった。

鈴木の証言によれば〈一膳〉の客はほとんどが学生だったという。寮の近くにあれば当然の成り行きだが、それでは〈寺井寮〉がなくなれば客足が途絶えてしまうことになる。

実際、美晴は〈一膳〉の廃業を覚悟していた。確たる根拠はないものの、寮の跡地を目撃した後では存続の可能性は無きに等しい。変に期待していては落胆も大きくなる。

跡地を離れると、しばらくは田畑と点在する民家が続く。田畑も手入れが行き届いておらず、立ち枯れた木がよく目立つ。行き来する人もクルマもなく、荒涼とした風景が美晴の心を寒くさせる。

寂れるというのは、つまりこういうことなのだろう。土地は人間の生気を求めるのか、若者がいなくなった途端に枯れていく。枯れた土地からは人が流出し、更に活気がなくなる。土地は荒《すさ》び建物は朽ちていく。待っているのは静かな死滅だ。

ここに手掛かりが残っていると期待したのは間違いだった。そう思い始めた時、道の彼方《かなた》に一軒の店舗が見えた。

目を凝らすと、店先のプラスチック看板にすっかり褪色《たいしょく》した〈一膳〉の文字が見える。

「検事、ありましたあっ」

思わず足が速くなった。

ところが近づくにつれて不安が生じた。賑わいの気配が全く感じられず、目印にしていたプラスチック看板は雨ざらしの上に大きく罅割《ひびわ》れている。

店先に立つと絶望は確定的となった。食品サンプルがあるはずのケースはもぬけの殻となり、玄関ドアのガラスは向こう側が覗けないほど白濁している。開店か閉店かを告げる札もなく、耳を傾けても店内からは物音一つしない。

空振りだと観念した。

だが不破は観念という言葉を知らないらしい。「ごめんください」と言いながらドアの引手に手を掛けた。

ひどく軋《きし》みながらドアが開いたのは意外だったが、不破は一向に構わず店に入っていく。美晴はその背中を追いかけるしかなかった。

昼間にも拘わらず店内は薄暗かった。照明も点《つ》いておらず、中は埃《ほこり》とカビの臭いが充満していた。

目が暗がりに慣れてくると状況が分かってきた。定食屋の面影はあるものの、テーブルの上は降り積もった埃で白くなっている。壁に貼られたお品書きはどれも破れかけて満足な姿を留《とど》めているものは一枚もない。カウンターの中はさながら暗渠《あんきょ》のようで、そこだけは真っ暗で何も見えない。すぐに廃墟《はいきょ》の二文字が頭に浮かんだ。

「店主も誰もいないのかな」

独り言のように呟いた瞬間、返事があった。

「招かれざる客ならいる」

いきなりだったので飛び上がりそうになる。声のした方向を見ればカウンター隅にちょこんと座る人影があった。

岬だった。

「無粋な店だな。三人も客がいるというのに、お冷《ひや》一つ出てこん」

「次席」

「何だ、ちっとも驚いた顔じゃないな」

「可能性は頭にありました。安田は〈寺井寮〉にいた頃、ここに住民票を移していましたから。調査チームの中で、わざわざ現地まで足を運ぼうとする人がいるとすれば、岬次席くらいのものでしょう」

「ふん。行動を読まれるというのは好かんな。不破検事も不破検事だ。出張するならするで何故報告しない」

「捜査の進展に寄与しない情報まで報告するつもりはありません」

「そう言うと思ったよ」

岬は諦め口調で言うと、二人に椅子を勧める。美晴は椅子の上に積もった埃を払うのに少し時間がかかった。カウンターの隅は壁になっており、すっかりセピア色になった写真が所狭しと貼られてある。ちらと一瞥すると、どうやら客たちのスナップショットのようだ。

「安田の古い住所地が荻山学園建設候補地に近いのが気になった。わたしも何かの確信があってやってきた訳じゃない。不破検事の方はどういう理由だ」

不破が鈴木から証言を得た旨を告げると、岬は当然のように頷く。

「大学の同期を片っ端から洗い出したか。手間暇はかかるが一番確実な方法だな。それで二人の学生時分の接点を探しに来たか」

「次席はどうやって、この店に辿《たど》り着いたのですか」

「学生寮の跡地周辺をぶらついていたら行き当たった。見ての通り廃業しているが、盗《と》られるものもないから施錠もしていない」

「店主から話を聞いたんですね」

「店舗の裏に主《あるじ》の居宅がある。寮を潰してからというものめっきり客足が途絶え、店を畳むしかなかったそうだ。居抜きで売りに出しているがここ十年近く、全く買い手が現れんらしい」

こんな辺鄙《へんぴ》な場所に出店してもやってくるのは狐狸《こり》くらいのものだ。とても売れるものではないと、不動産に素人《しろうと》の美晴でも分かる。

「安田や高峰検事の学生時分を知っている者はいたか」

「いえ。しかしこの店を見つけたので、足を運んだ甲斐はありました」

「気づいていたか」

岬と不破の視線が、壁に貼られた写真の一枚に注がれる。視線の先を辿った美晴は、あっと声を上げそうになった。

黄ばんだ写真の中に、肩を組んだ二人の若者がいた。二人ともカメラの方を見て眩しそうに笑っている。

紛れもなく若かりし頃の安田と高峰だった。

「二人が知己の仲だったことを証言してくれる人間を探していましたが、この一枚は数万言の証言に値します」

「同意しよう。だが不破検事。この一枚から導き出せる仮説は何だ」

「はっきりしているのは、高峰検事が安田を取り調べた際の調書には記載されなかった部分があるかもしれないという可能性です。知己だからこそ平然と虚偽を記載できたかもしれません」

「この写真をネタに本人たちを問い詰めてみるか」

「供述慣れした高峰検事なら黙秘権を行使するでしょう。安田にしても同様、取り調べの最中に入れ知恵されていたらやはり黙り込むのが予想されます」

「しかし、おそらく写真の存在を二人は知らんだろう。知らないから赤の他人を装っていられる。つまり、この写真は二人にとって爆弾のような威力を秘めている。使わん手はないと思うが」

「使うとしても今ではありません」

相手の目をじっと見ていた岬は、合点したように頷いた。

「爆発力が最大になる時まで温存しておくか。老練なことだな。手掛かりを見つけ次第、本人たちに突きつける短気なヤツらに見習わせたいものだ」

短気なヤツらが誰を指しているかは言わずもがなだった。

「次席。ここにはお一人で来られたのですか」

「調査チームの中にあって、比較的自由に泳がせてもらっている。なに、この歳になると現場を訪ねる機会など皆無に近いからな。折角泳がせてくれるのなら、ひとつ遠泳と洒落込んでみたのさ」

どこかとぼけた風の岬に対して、不破は例の如く一切の感情も表出しない。

「わざわざお一人で足を延ばした理由をお聞かせください。次席は高峰検事をどうされるおつもりですか」

「君と同じく事の真偽を確かめたい……それだけでは納得しないだろうな」

「はい」

「どうしてそう思う」

「次席はわたしと違いますから」

「ふふふ。上から指示された内容とは別の理由があると推察するか」

「上からの指示だけで、岸和田くんだりまできて単独捜査をする方ではないと考えています」

「いい線だが、答え合わせはやめておこう。無粋だ」

岬は件のスナップ写真を壁から剝がし、ハンカチで丁寧に挟み込む。

「この写真はわたしが預かるが、いいか」

「ご随意に」

「昔取った杵柄《きねづか》だ。精々、一番効果的な瞬間を狙うさ。君らはこれからどうする」

「まだ、他に廻る場所があります」

「そうか。じゃあ、一足先にお暇《いとま》するとしよう」

席を立つと、岬は片手をひらひら振りながら店から出ていった。美晴は何度か一対一で話をしているが未だに岬の人となりが把握しきれておらず、どうしても態度通りには受け取れない。飄々《ひょうひょう》としているように見せかけて、心の裡《うち》で何を目論んでいるか知れたものではない。

「不破検事。まだ、他に廻る場所があると言いましたよね」

「荻山理事長および安田調整官の供述の裏を取る」

不破も遅れて席を立つ。

「建設予定地となっていた岸和田市向山と候補地だった同じく岸和田市寺井町。荻山理事長の供述によれば、寺井町の物件は周辺環境から大学建設地には不向きだと安田が助言している。だが、何がどう不向きなのかは一切触れられていない」

3

当初、荻山学園建設候補地の一つだった寺井町の物件は、〈寺井寮〉跡地からクルマで数分の場所にあった。安田が学園建設地として相応しくないと助言したのなら、その理由を確認する必要がある。

寺井町の国有地は総面積が八千四百平米というから、荻山理事長の言っていた通り、向山の候補地とほぼ同等の広さとなる。だが美晴が確認できたのは当該地の白地図だけなので、どんな場所なのかは分からなかった。

寺井町に向かうと決めた時点で、不破は候補地も回るつもりだったのだろう。土地建物の登記簿を美晴に取り寄せさせた。八千四百平米というのは、向山の候補地のように工場跡地などでなければ有り得ない広さだ。当該地もその例に洩れず、国有地になる前は個人経営の病院だった。病院名は鏑木《かぶらぎ》医院。多くの国有地と同様、税金滞納の末に不動産を差し押さえられたのが所有権移転の理由だ。

「病院経営って医者の中でも成功した部類だと思っていたんですけど、税金すら払えなくなる場合もあるんですね」

「君の認識が甘いだけだ。閉鎖される病院など全国にはごまんとある」

十分もクルマを走らせていると目的地に到着した。

不破に続いて現場に降り立つ。周囲を見渡すと、やはり白地図やストリートビューで抱いていた印象とはかなりの相違があった。

道路一本を隔てて低層住宅が点在する中、その廃墟《はいきょ》は禍々《まがまが》しい骸《むくろ》を晒していた。

敷地の三分の一ほどは駐車場なのだろうが、繁茂する雑草に侵食されてコンクリートの部分が覆い隠されている。どこにも道らしきものが見当たらないのは、ここしばらく建物に立ち寄る者がいないことを示している。

四方を雑草に守られた建物はコンクリートの三階建てで中央が尖塔《せんとう》になっている。美晴には病院というよりもカトリック系の校舎のようにも見える。

窓のいくつかは割れ、壁は度重なる風雪のためにすっかり汚れている。風化汚れで斑《まだら》模様になり元の色はさっぱり分からない。

近くのコンビニ前に屯《たむろ》していた金髪のティーンエイジャー二人が美晴に近づいてきた。

「姐《ねえ》ちゃん。何してん。廃墟ファンなん」

「そんな廃墟見るより、もっと楽しいことせえへん？　俺らええとこ知ってるで」

見ず知らずの男に声を掛けられるのは初めてではないが、こうまであからさまなナンパは珍しかった。

ふと不破を見れば、敷地から距離を取って病院跡地を遠まきに眺めている。

「何をしているんですか、検事」

それには答えず、不破は病院跡を一望してから雑草の中に足を踏み入れた。

「ちょっ、検事」

止めようとしたが、不破は美晴の声など聞こえないかのように雑草を掻き分けながら進む。

「検事って」

二人の少年は顔を見合わせていた。

「そうよ。わたしたち検察庁の人間だけど、お近づきになりたいのなら、ちゃんとした手続きを踏まえた上で付き合ってあげる」

「いえっ、結構です。自分たち他に用を思い出したんでっ」

二人が元来た道を一目散に去っていったので、美晴は不破の後を追う。いざ中に踏み入ると雑草は美晴の腰辺りまで伸びており、どうにも動きづらい。朝露の残りが身体に纏わりついて不快だが、不破は全く構う様子もなく建物へと近づいていく。建物を見たところで、どうせ中の医療機器など使い物にならないものばかりだろう。第一カネに換えられるものなら、差し押さえの通知を受け取る前に売却しているはずだ。

数分早く不破が窓に辿り着いていた。遅れて美晴も中を覗く。

内部は更に荒廃していた。

美晴が覗いたのは待合室だが、どこからか侵入した蔓《つる》によって廊下が見えなくなっている。壁には至るところに罅が入り、備え付けのソファは片方の脚が折れて大きく傾いている。

沈没船の内部みたいだと思った。人為が二十年以上も入らず、自然の触手に任せたままでいると人の介入を拒んでしまうという見本だった。

「せめて建物くらい撤去して更地にすれば。そうすれば少しは買い手がつくのに」

「公売になったとしても裁判所がデベロッパーみたいな真似をするはずがない」

公売とは国税局または税務署が回収目的で差し押さえた動産・不動産を換価するための競売システムだ。通常相場の七割ほどの価額でオークションに掛け、首尾よく売却できなければ次は二割減、それでも売れない場合は更に下げる。それでも買い手がつかなければ塩漬けになるという具合だ。鏑木医院の場合、三回目の公売でも入札する者がいなかったので、こうして荒れ放題になっているのだ。

「三回目の公売では相場の七割近くまで価額が下がったはずですよね」

「これだけの建物だ。撤去する費用を考えたら七割でも高いと踏んだんだ。それに公売物件ならではの瑕疵《かし》も無視できない」

公売物件が割安な理由はもう一つあり、債権者の一部が占有したり短期賃貸借契約を締結したりして売却の邪魔をしている場合が多々あるのだ。物件が落札された際に利益を得ようとする目的だが、一般市民が価額の安さに目が眩《くら》んで食指を動かすと付け入られる羽目になる。公売に限らず競売物件の多くはそうした瑕疵込みでの価額なので、割安なのは当然だった。

「さっき、敷地全体を眺めていましたよね。何か理由があるんですか」

「惣領事務官の出身は大阪だったな。それにも拘わらず気づかないのか」

また不破の悪い癖が始まった。本人は美晴が理解しているかどうかを確認しているつもりだろうが、表情が冷たいがために己の無知を責められているような気になる。

「盛り土《ど》がしてあるかどうかを見極めていた」

美晴の葛藤などそしらぬ顔で、不破は説明を始める。

「盛り土した造成地は大きな地震に襲われると滑動崩壊（地滑り的変動）であっという間に崩れる。阪神《はんしん》・淡路《あわじ》大震災、新潟県中越地震等を受けて平成十八年四月の宅地造成等規制法の改正で、該当する宅地には崩落防止工事が義務付けられている。国からの補助金も出るが、土地の所有者の負担になるから当然その分は割高になる。だがこの土地は盛り土をしていない」

つまり地盤に関してのマイナス要因は見当たらないという意味だ。

「安田調整官は周辺環境から建設予定地には不適格と供述していました」

「それが虚偽でないことを確認したかった」

不破は言うなり踵を返し、敷地の外に向かう。内部にまで足を踏み入れる必要はないということか。

雑草から抜け出た不破は何を思ったのか、敷地の周りをゆっくりと歩き始める。辺りの気配を窺うように左右を見回す。

「あの、検事」

「しばらく黙っていろ」

あまりといえばあまりの言い草だが、不破が命令し要求することには大抵理由がある。むかっ腹を抑えて美晴は口を閉じる。

後について敷地の周囲を回っていてようやく思い至った。

不破は当該地の置かれた環境を吟味しているのだ。騒音・臭気・付近に忌避施設はないか。安田が供述した周辺環境の実態を確認している。

やがて不破は住宅の並びに足を向ける。いずれもかなり築年数の経過した家屋で、外観がほとんど同じことから同時期に売り出された建売住宅と見当がつく。

そのうちの一軒の前で足を止めインターフォンを鳴らした。

『はい、どちら様ー』

「検察庁のものです」

束の間、返事が遅れる。当然の反応だろう。

『あの……何の御用でしょうか』

「鏑木医院についてお話を伺いたくてご近所を回っています」

『……ちょっと待ってください』

インターフォンの向こう側で何やら会話が洩れ聞こえる。断られると思っていたら、やがて玄関ドアが開いた。顔を覗かせたのは五十代と思《おぼ》しき主婦だった。

「話すのは構わへんけど、ホンマに検事さんなんでしょうね」

すかさず美晴が前に出て検察事務官証票を提示する。

証票を見ても疑り深そうな表情は変わらない。美晴が検事は特に身分証を持たない事情を説明しても充分納得していない様子だ。

「奥さん、こちらに住まわれて長いのですか」

「嫁いできた頃、まだ開業してたからね。せやけど二十年以上前に潰れた病院に何の用事なん」

「なかなか跡地が売却できない理由を調べています」

「まあ、確かに売れへんねえ。ずっと雨ざらしになってるし」

「周辺環境に問題があるとも思えません。静かで、学校が建っていてもおかしくない」

「そーなんよっ」

主婦はいきなり警戒を解いた顔になる。

「駅から離れてるけどな、その代わり電車の音はせんし、近所には工場とか幼稚園とかないからメッチャ静かやねん。住むにはええとこよ」

「それにも拘わらず、病院跡地は一人の買い手すらつきませんでした。何故でしょうか」

「広いからと違う？　この辺、坪単価は高《たこ》うないけど、あんだけ広かったら一般の人は買われへんでしょ」

「分筆、つまり土地を細分化して分譲したら売れそうですか」

「売れると思うよ。もっともあの地所、整地すんのにえらい手間暇かかるやろうけど」

「では、どうして買い手がつかないのでしょう」

「わたしも不動産屋やないから、よお知らんけど、ほら、鏑木医院には一遍ケチがついてるよって」

「ケチ。何かのトラブルですか」

「警察沙汰になったかどうかは知らんけど、医療過誤か何かの噂が広まってな。一気に患者が減ってん。あとなー、具合悪いことにメインバンクも悪かったからな」

「どこだったんですか」

「ほら、例の木津信金《きづしんきん》。患者さんが減るのと同じ頃に経営破綻して、病院が左前になっても追加融資受けられへんかったんよ」

「他の金融機関には頼れなかったのですか」

「元々、病院長と木津信金の人が昵懇《じっこん》の仲やったみたい。ザルみたいな審査してたって、これも噂やけど。いくら知り合いやからってそんな融資ホイホイしてたら、そら破綻もするわ」

「深刻な医療過誤が本当の話なら、新聞沙汰になると思いますが」

「少なくとも新聞とかテレビとかでニュースにはなってへんねえ。ちょうどあの頃は、同じ病院の事件でも薬害エイズが大騒ぎやったでしょ。岸和田の個人病院の事件なんて、それに比べたら小《ち》っちゃい小っちゃい話やしね」

「噂だけで患者がそんなに途絶えたんですね」

「そりゃあさ、ここらに一軒きりの病院だってんならまだしも、一キロも行きゃあ市立病院があるからねえ。妙な噂が立った個人病院より、そっちの方に通うわ」

「病院はすっかり廃業してしまったんでしょうね。それから病院長はどこに行ったんでしょうか」

「さあ、そこまでは知らんねえ。大体夜逃げ同然みたいにいなくなったから、鏑木さんの消息も知らへん」

彼女の口から訊き出せるのはこれが限界と判断したのだろう。不破は礼を述べて主婦を解放した。

美晴は微《かす》かな違和感を覚える。不破が確かめようとしているのは当該物件が学園建設に不適格かどうかだ。それは美晴にも理解できる。しかし周辺環境の確認はともかく、病院が閉鎖された理由や、いわんや病院長の消息まで調べる必要がどこにあるのだろうか。

「検事は何を気にしているんですか」

問われたところで不破は振り向きもしない。不破の無反応にはすっかり慣れたが、さすがに背中だけで考えを読むような芸当はまだ無理だ。

「物件の現況調査が目的なんですよね」

「そうだ」

「前の所有者の消息まで調べる必要があるんですか」

やはり不破の返事はない。こんな反応に慣れた自分が情けなくもあり誇らしくもあるのは妙な気分だった。

「辺りを見渡して変だとは思わないのか」

「特別おかしなことは何も。昼間からヤンキーみたいなお兄さんがうろついているのを除けば、忌避施設も見当たらないし、風紀が悪いってこともないし。今の奥さんが言った通り駅から離れているから何かの施設を建てるには不便かもしれませんが、住むには静かで問題ないと思います」

美晴は自分の言葉に破綻がないかを吟味しながら喋る。相手は不破だ。わずかな論理的矛盾も見逃さずに突いてくる。

「観察が表層的で、しかも状況分析がされていない」

そらきた。

「当該物件は大規模施設を建設するのにそれほど不便とは思えない。図書館などの公共施設にしても医療施設にしても駅から近いことが絶対的な条件じゃない。電車の走行音を考慮すれば却って好都合だし、そもそも駐車場が広く取れるから交通の便は無視して構わない。一帯の住宅を見て気づかなかったのか。どの家にも駐車場のスペースが確保されている。取りも直さず、この界隈《かいわい》の住人たちが移動にクルマを使うことに慣れているのを示している。どのみち大阪市内ならともかく、いったん郊外に出ればクルマは重要な足になる」

ただ家並みを眺めていたのではなく、そんな部分をチェックしていたのか。

「駅から離れているせいで繁華街も遠いが、逆に教育施設を建てるならお誂《あつら》え向きだ。崩落防止工事も不要だから余分な費用を考えずに済む。また君が言ったように居住用にも適しているから、分譲すればちょっとした新興住宅地になるかもしれない」

「だったら、どうして買い手がつかないんですか」

「それを探っている。ただ安田調整官の供述した、周辺環境が云々という理由は怪しくなった」

「じゃあ別の理由があるんですか」

「探っている最中だと言った」

それ以上の説明は不要だと言わんばかりに、不破は質問を打ち切ってクルマへと向かう。

次の訪問地は学園建設予定地に決まっていた向山の物件だった。寺井町の物件と同じ岸和田市内なのだから調べない手はない。

「さっき安田供述の信憑《しんぴょう》性が怪しくなったと言いましたよね」

返事がないので美晴は続ける。不破相手にいちいち反応を窺っていては話が進まない。

「ということは向山の物件に纏わる軍需工場の話も眉唾だってことですよね」

「何度も同じことを言わせるな。探っている最中だ。調査段階で先入観を抱くな。誤認の原因になる」

「彼の供述が信用できないのは先入観じゃなくて鉄板の事実じゃありませんか」

「状況の変化で容易く心証を変えるヤツの何が鉄板だ」

「じゃあ不破検事はどうなんですか。さっきの訊き込みで、初めて安田調整官の供述が信用できなくなったんじゃないんですか」

不破はまた黙り込む。否定ではなく、返事をするのも億劫《おっくう》という種類の沈黙だった。ようやく美晴は合点した。

不破は最初から誰の供述も信じていないのだ。

南海《なんかい》電車の線路沿いにしばらく走ると、やがてクルマは住宅地を抜けた。彼方に見える工場群の影は臨海地域の南側に連なる繊維工場のものだろう。阪神工業地帯の一角であり、民家は数えるほどしかない。車窓を流れる景色はいよいよ明色よりも暗色が多くなっていく。窓を閉めていてもクルマの中に鉄と油の臭いが流れ込んでくる。

当該地は周囲を大小の団地に囲まれていた。団地の住人は工場に勤める従業員に相違あるまい。所謂《いわゆる》産業団地と呼ばれるものだ。周りがまだまだ新しい建物群なので、ぽっかりと口を開けた工場跡地は嫌でも目を引く。寺井町の物件は生い繁《しげ》る雑草で実感できなかったのだが、向山の物件に匹敵する八千四百平米というのはやはり相当な広さだった。

向山の物件は、いったん荻山学園が購入し、以前の廃墟は撤去されて更地になっている。だがいざ竣工《しゅんこう》という段になって収賄疑惑が持ち上がったものだから工事は中断の憂き目に遭っていた。本来の仕事を取り上げられた数台の建機が寂しげなのが印象的だった。

美晴は跡地に建つ校舎を想像してみる。四方を産業団地に囲まれた校舎。違法ではないにしろ、ちぐはぐさは否めない。

荻山学園は小中一貫校との触れ込みだが、小学校を建設するには文科省の定めた小学校施設整備指針に従わなければならない。その概要は次の通りだ。

第1　校地環境
1　安全な環境
(1)地震、洪水、高潮、津波、雪崩、地滑り、がけ崩れ、陥没、泥流等の自然災害に対し安全であることが重要である。
(2)建物、屋外運動施設等を安全に設置できる地質及び地盤であるとともに、危険な埋蔵物や汚染のない土壌であることが重要である。
(3)危険な高低差や深い池などが無い安全な地形であることが重要である。また、敷地を造成する場合は、できるだけ自然の地形を生かし、過大な造成を避けることが望ましい。
(4)校地に接する道路の幅員、接する部分の長さ等を考慮し、緊急時の避難、緊急車両の進入等に支障のない敷地であることが重要である。

（5）死角等が生じない、見通しの良い地形であることが望ましい。
2　健康で文化的な環境
（1）良好な日照及び空気を得ることができることが重要である。
（2）排水の便が良好であることが重要である。
（3）見晴らし、景観等が良好であることも有効である。
3　適正な面積及び形状
（1）現在必要な学校施設を整備することができる面積であることはもちろん、将来の施設需要に十分対応することのできる面積の余裕があることが望ましい。
（2）まとまりのある適正な形状であることが望ましい。
第2　周辺環境
1　安全な環境
（1）頻繁な車の出入りを伴う施設が立地していないことが重要である。
（2）騒音、臭気等を発生する工場その他の施設が立地していないことが重要である。
2　教育上ふさわしい環境
（1）社会教育施設や社会体育施設など、共同利用を図ることのできる施設に近接して立地することも有効である。
（2）学校間の連携や地域施設とのネットワークを考慮し、立地を計画することも有効である。
（3）風俗営業等の規制及び業務の適正化等に関する法律（昭和23年法律第122号）第2条に規定する風俗営業及び性風俗関連特殊営業の営業所が立地していないことが重要である。

(4) 興行場法(昭和23年法律第137号)第1条に規定する興行場のうち、業として経営される教育上ふさわしくない施設が立地していないことが重要である。
(5) 射幸心を刺激する娯楽を目的として不特定多数のものが出入りする施設が立地していないことが重要である。
(6) その他教育上ふさわしくない施設が立地していないことが重要である。

荻山学園建設予定地を一望する限りは、辛《かろ》うじて整備指針に適合しているのが分かる。第2の1の(2)で言及されている騒音・臭気に関しては工場から距離を取っていることで回避しているし、第1の2の(3)見晴らし・景観については各人の印象や感覚に負う部分があるのでこれも逃げられる。

だが逃げられるというだけで、やはり周辺の風景には馴染まない。都市景観の何たるかに詳しくない美晴でも、この場所に学校を建設するのがいささか無理筋ということくらいは分かる。ただし、それはあくまでも指針を定めた文科省の立場に立った見方でしかない。

私学の理事長の立場で考えるなら、これだけ産業団地が並んでいれば相応の就学児童数が見込める。魚群の真ん中に釣り糸を垂らすようなものだ。荻山理事長が建設予定地として承諾したのもむべなるかなと思える。

安田の話では予定地の地中深くには毒ガスの原料が埋められているという。それが本当なら、指針に謳われた安全な環境という条項から逸脱することになる。

「でも建設予定地に決定する前、ちゃんと地質調査も行われているんですよね」

「どこまで掘り下げたかという問題もある。戦争犯罪の証拠になるような都合の悪いものなら、可能な限り深くまで埋めるだろう」

「検察庁からは掘削する費用なんて捻出《ねんしゅつ》できませんよ、きっと」

「現物が見られないのなら、証言を掻き集める」

寺井町の物件と同様、ここでも訊き込みをするという意味だ。

美晴は改めて周囲を見回す。ずらりと建ち並ぶ産業団地の住人の中に、戦中戦後の生き証人がいるとは考えにくい。団地全てを回っても見つけ出すのは困難だろう。

ところが不破は迷う素振り一つ見せずクルマへ戻る。

「検事、どこへ」

「聞いていなかったのか。証言を拾いにいく」

予め訪問先を絞っていたのだろう。不破たちを乗せたクルマは数分もしないうちに目的地へ到着した。

平屋の不動産屋だった。〈津久田不動産〉とある袖看板は結構な年代物で、昭和の時代に建てられたと思《おぼ》しき店舗と併せて古色蒼然《こしょくそうぜん》としている。到着してから合点がいった。特殊物件に関して情報を持っているのは近隣住人だけではない。不動産を生業《なりわい》にしている人間なら誰よりも詳細で正確な情報を蓄積していて当然ではないか。

ドアを開けて店内に入ると、中では白髪《しらが》頭の老人が一人で所在なげに座っていた。不破が来意を告げると、俄に興味を覚えたようだった。

「荻山学園が買い取った国有地な。大阪地検の案件やから検事さんが訊き回るのも道理か」

老人は店主の津久田《つくだ》その人だった。

「旋盤工場は不景気で潰れてしまいよって。最後の数年間は碌に所得税どころか固定資産税すら払えんかった。最後には税金滞納で差し押さえ食ろうてあのざまや」

「旋盤工場の前身は軍需工場だと聞きました」

津久田は感心したような目で不破を見る。

「えろう昔の話を知ってまんなあ。そそそ、その通り。旋盤工場になったのは終戦の年でしてね、それまでは〈富士美化学《ふじみ》〉ゆう軍直轄の工場でした」

「軍需工場から旋盤工場への移行はどんな顚末だったのですか」

「製造ラインは流用できるところが多かったみたいで、ほとんど居抜きで売買が成立したと聞いてますな」

「軍関係という性格だけを取り払うことはできなかったんですか。戦時中の軍需工場が終戦後には普通の企業になった例は山ほどあるでしょう」

「軍民転換ゆうヤツでっしゃろ。飛行機のエンジン作ってたところがクルマの部品工場になったり、缶詰工場がそのまま民間になったりとかは確かにありましたけど、転換しようにもできひんかった工場もありますよ」

「化学兵器を製造していたという噂を聞きました」

そう水を向けられると、途端に津久田の目は昏さを帯びる。

「さすがに検事さんはご存じでんな。ええ、そうです。〈富士美化学〉は戦時中に毒ガスを製造しとって、それはいくらなんでも民需に転換できひんかった。そんで毒ガスの原料を地中深く埋めた……ゆう話でっしゃろ」

「ええ。だから物件が公売に出されてもなかなか売却できなかったと」

「それね、検事さん。デマですわ」

津久田は片手をひらひらと振ってみせる。

「ウチは親の代からこの仕事してますんで事の次第も聞いてま。〈富士美化学〉が毒ガス紛《まが》いのものを製造しとったんはその通りみたいですけど、実戦ではあんまし使い物にならん代物らしいですな。第一、その話がホンマやったら当時の占領軍が放っときますかいな。平和云々の話やのうて、敵国の軍事技術は何でもかんでも分捕る気ィでしたからな。第一、素人がどんだけ地中深く埋めたところで、占領軍の設備なら簡単に掘り返せまっしゃろ」

津久田の話には説得力がある。そもそも旧日本軍がそんな大層な武器を所持していれば、戦局も変わっていたはずではないか。

「どうしてそんなデマが広がったんでしょうね」

「旋盤工場を狙っとった人間が跡地を安く買い叩くためにデマをでっちあげたんですわ。工場主が弱りきったところを見計らって、言い値で手放すように持ってく算段だったんですな。ところが工場主が売りに出す前に差し押さえ食ろうたもんやから計算が狂った。ところがデマちうのは、いったん広まったら収拾つかんようになる。広めた本人に実害ある訳やなし、まあええかで放っておかれた。そんなとこですわ」

毒ガスの件は安田も単なる噂と注釈をつけていたが、こうして別の人間の口から聞かされると白《しら》けた気分になるのも事実だった。

「噂の怖いとこは、根も葉もない話でありながら無視はできんちう点です。実際、風評で実勢価額よりも低く査定される不動産が現に存在してますしね。人気のあるなしが価額に直結するんは、不動産も例外やおまへん」

　素人は黙っていろと言わんばかりの口調だった。

「公売物件ちうのは大なり小なり瑕疵があるんですわ。相場よりも相当低い最低売却価額が設定されてるんはそういう理由です。せやから公売にはプロの買い付け屋がおるくらいで。まあ、素人さんが手ェ出したら火傷《やけど》する可能性が高い」

「荻山理事長もそうだと言うんですか」

「実際、火傷どころか火だるまでしょ。なんぼやり手の理事長さんか知りまへんけど、土地に関してはど素人ゆうことですわ」

4

　翌日、美晴を伴った不破が会議室に赴くと折伏が待ち構えていた。

「昨日、岸和田の当該物件を現況調査したそうだな」

　開口一番、折伏は強圧的に問い質す。不破の背後に立つ美晴は憤然とする。捜査内容を報告する義務はあるだろうが、もっと他の言いようがあるはずだ。いかにチーム内の命令系統とはいえ、不破を子飼いの部下のように扱う折伏には不快感しか覚えない。

　折伏の横では、岬が申し訳なさそうな顔をしている。おそらく不破の現況調査を知らせたのは岬だろう。

「文書差し替えを実行したのは高峰検事だ。調べる場所を間違えていないか」

「文書差し替えも、元を辿れば国有地払い下げに端を発しています。安田調整官と荻山理事長の間に交わされたやり取りの真偽を確かめるのが第一と考えます」

「それで調査した結果はどうだった」

不破が向山と寺井町の物件それぞれの訊き込み内容を報告する。いつもながら入手した事実の開示に留まり、自身の考察や推理は一切口にしない。

元来、報告というのはこういうものだ。ところが美晴の場合はついつい己の先入観や思い込みを滲ませてしまう。悪い癖だと自覚するのは、こうして他人の報告を傍で聞いている時だった。

「概要は分かった。つまり建設予定地の向山の物件については安田の供述通りだったということだな。無駄とまでは言わんが、丸一日を使って、たったそれだけの成果しかないというのはお寒い限りだな」

折伏は不満を露《あらわ》にする。

「そうは思いません」

不破は一歩も引かない。

「現況を見たか見ないかでは安田調整官や高峰検事への対処が変わってきます」

「いずれにしても本筋ではない。今、最重要なのは高峰検事が文書差し替えをした動機だ。不破検事は尋問巧手と聞いた。何故、高峰検事への聴取を繰り返さない」

「同じ質問を何度繰り返しても無意味です」

「検事の言葉とは思えないな」

折伏はデスクの上を指で叩く。いちいち苛立たせるような仕草に、美晴は自制するのが精一杯だ。

「同じ質問を繰り返すうちに供述に矛盾が生じる。その綻《ほころ》びを突くのが尋問の常道だろう」

「尋問する側だった高峰検事には通用しません」

「じゃあ、いったい何が通用するというんだ。大阪地検特捜部のホープか何か知らんが、所詮はただの人間だ。被疑者になれば脆弱《ぜいじやく》さも曝《さら》け出す。それにつけ込まずに何が取り調べだ」

まるで新人のような扱いをされているにも拘わらず、不破は眉一つ動かさない。

「逆です。被疑者の立場になった今、高峰検事は一層防御を堅固なものにしています。通常のやり方では効果が望めません」

「対案はあるんだろうな」

「模索しています」

「ものは言いようだな。その模索とやらをいつまで続ける気かね」

「自分が納得するまでです」

不破を知っている者ならなるほどと合点するが、知らぬ者が聞けば愚弄《ぐろう》されたように思うだろう。間違いなく後者である折伏は、その瞬間顔色を変えた。

一触即発。部屋の空気が極限まで張り詰めた時、今まで沈黙を守っていた岬が割って入った。

「焦《じ》れる気持ちも分からないではないがな、折伏さん。あなたの配慮も足りんのじゃないか」

自陣から飛んできた矢に、折伏は面食らったようだった。

「何のことですか、岬次席」

「不破検事だって徒手空拳《としゅくうけん》では闘いようもない。我々調査チームの動き全てを把握しておいてもらわないとな」

「だからいったい」

「當山くんと桃瀬くんはどうした。三日前からあまり姿を見掛けないが」

「……捜査です」

「言いにくいようならわたしが代わりに言ってやろう。二人とも兵馬三郎議員の周辺を洗っているのだろう」

美晴は呆気に取られ、一瞬後に理解した。

そういうことか。

元々、高峰の文書差し替え疑惑は国有地払い下げに絡んで発生したものだった。捜査の中心を担っていた高峰が半ば拘束されている状態なので荻山学園問題は暗礁に乗り上げた恰好だが、當山と桃瀬は高峰から引き継ぐかたちで兵馬議員を追及しているらしい。

理由は美晴でも見当がつく。大阪地検特捜部の不祥事を暴くよりも、現職議員の汚職を暴く方が出世に繋がるからだ。

折伏は居心地悪そうな顔を岬に向ける。

「確かに両名には兵馬議員に不審なカネが流れていないかを調査させています」

「隠し口座への送金か、あるいは手渡し。どちらにしても荻山理事長からの収賄を立証しようというのか」

「国有地払い下げの代金が実態と乖離《かいり》し過ぎています。差額が関係者の懐に入ったとみて間違いない」

「それは大阪地検特捜部の案件じゃないのかな」

「高峰検事が文書差し替えをした動機に繋がる可能性があります。調べずに放置しておく手はないでしょう」

「だが首尾よく兵馬議員の受託収賄を立証できたとして、その手柄をそっくり大阪地検特捜部に譲るのかな」

折伏は答えようとしないが、その沈黙が彼の企《たくら》みを如実《にょじつ》に物語っていた。

怒りを通り越して呆れてきた。文書差し替えの捜査で派遣されてきたというのに、ちゃっかり大阪地検特捜部が釣り上げかけた獲物をどさくさに紛れて掻《か》っ攫《さら》うなど、まるで火事場泥棒ではないか。

「高峰検事に掛けられた疑惑を追う過程で、兵馬議員の収賄が立証される。ありがちといえばありがちな展開だし、誰も非難はせんだろうな。ただし非難はなくとも遺恨は生まれる。あなたはそれで構わんかね。もっとも遺恨を向けようにも、その時あなたは東京に戻っているから、大阪地検特捜部の怨嗟《えんさ》は最高検刑事部に向けられるかもしれんが」

しばらく岬の舌鋒《ぜっぽう》に晒されていた折伏が逆襲に転じる。

「捜査の中核だった高峰検事に疑惑が浮上した時点で大阪地検特捜部は機能不全に陥っています。最高検刑事部の我々が助力することに反意を示す者はいないでしょう。手柄云々は事件が解決した後で協議すればいいことです」

嘘を吐《つ》け、と思った。

文書差し替えという不祥事を起こした大阪地検特捜部は元より劣勢を強いられている。派遣されてきた最高検刑事部のメンバーを前にすれば腰が引けて当然だ。こちらの面子《メンツ》など一顧だにするつもりもあるまい。

岬がその力関係を忘れるはずもなく、彼もまた呆れたというように短く嘆息する。

「どのみち疑惑が解明され、罰すべき者を罰することができれば後はコップの中の嵐だ。わたしがとやかく言うものでもない。だが、少なくとも捜査して判明した事実はチーム内で共有するべきだ。そうでなければ不破検事も期待通りのパフォーマンスを発揮できん」

「……仰る通りです。ああ、誤解してほしくありませんが、兵馬議員の件は確証が得られ次第、岬次席と不破検事に共有してもらうつもりでした。誤解させてしまったのであれば陳謝します」

何が誤解だ。

誤解もできないような振る舞いをするから岬に指摘されたのだろうに。

「途中経過で構わない。荻山理事長から金銭その他が兵馬議員に渡った形跡は見つかったのか」

「兵馬議員個人への贈賄についてはまだ。しかし荻山理事長は兵馬議員の後援会に名を連ねています。資金管理団体を通じてカネが流れている可能性が濃厚なので、そちら方面にも探りを入れています」

「大阪地検特捜部も目の付け所は同じだろう。それくらいは合流した方が効率的じゃないかな。兵力の無駄遣いになりかねない」

「協議しましょう」

「さてと不破検事。聞いての通り、我々のチームは兵馬議員の収賄疑惑にも着手している。検事に利するのなら、こちらの捜査にも参加するかね」

いいえ、と不破は即答した。

「現状、わたしは必要ないでしょう」

これも聞く者によっては謙遜とも嫌味とも取れる言葉だ。岬は前者、折伏は後者。これほど他人の受けが対照的な人間も珍しいのではないか。

「失礼します」

居たたまれないのか、折伏は逃げるように会議室から出ていった。その背中を目で追いながら、岬は軽く鼻を鳴らす。

「優秀な男には違いないが、浅慮なのが玉に瑕《きず》だな。悪く思わんでくれ」

「いえ」

「ところでさっき、向山と寺井町の物件については報告したが、〈一膳〉の壁に貼ってあった二人の写真については言及しなかったな。何故だ」

「写真から得られるのは二人が知己である事実と、親しげな印象だけです。印象は報告内容として適当ではありません」

「そう言うと思った」

岬はそう言うと、意味ありげに笑ってみせた。

四　忘却許すまじ

1

翌日、不破が検察庁に呼び出したのは安田調整官だった。

二度目の聴取で慣れたからだろうか、最初よりはいくぶん安田に落ち着きが見える。さしずめ不安に怯《おび》えていた小動物が人に懐き始めたといったところか。

「ひょっとして、また同じ質問ですか」

安田は少し不貞腐《ふてくさ》れたように切り出した。

「同じ質問を何度も繰り返して、少しでも前の答えとの齟齬が見つかれば、そこを先途と突っ込む。警察も検察もその手法で被疑者を問い詰めていくそうですが、手間暇のかかるやり方ですねえ」

あからさまな皮肉も慣れてきた証拠だ。もっとも折伏をはじめとした調査チームが入れ替わり立ち替わり同じ質問を繰り返しているらしいから、安田の抗議はもっともと言える。

「僭越《せんえつ》ながら時間の無駄のように思えます」

「わたしもそう思います」

よほど意外だったのだろう。不破の返事を聞いた安田はぎょっとしていた。

「そういう手法の捜査員が多いのは知っています。しかし反復質問が有効なのは、記憶力の弱い者か自制心の危うい者に対してだけです。万人向けではないし、ましてやあなたには望み薄です」

「買い被りですよ」

「人を見る目はあります」

安田は疑心暗鬼をそのまま面に出したが、生憎と不破の顔から感情を読み取れる者はいない。しばらく観察していたが、やがて諦めたように嘆息した。

「同じ質問ではないのなら、いったいどんな質問なんですか」

「先日、荻山学園建設予定地を視察してきました」

何げない言い方にも拘わらず、安田は不破の口元を注視している。表情が読めないのなら、せめて口調から感情を推し量ろうとしているかのようだ。

「岸和田市向山。産業団地に囲まれた地所で、工場地域からは距離が保たれているので騒音もなく煤煙《ばいえん》も漂っていない。小学校施設整備指針からも逸脱していない。産業団地の世帯数を考慮すれば一定の児童数が見込めるので、開設にも妥当性がある」

「不破検事はユニークな人ですね」

安田は珍しい生き物を見るように不破を眺める。

「ユニークという言い方が失礼なら、とても珍しい。今までわたしの聴取にあたった検事さんたちは調書や資料を元に話を展開する人ばかりでした。あなたのように現地調査をするような検事さんはいなかった」

「現物を見ないと気が済まない。わたしの流儀です。〈富士美化学〉にまつわる噂話についても訊いてきました。確かに〈富士美化学〉は毒ガス製造を担った軍需工場だが、案に相違して作り上げた兵器はそれほど毒性の強いものでもなく、結局は旋盤工場が閉鎖した後、安く買い叩こうとした者の捏造《ねつぞう》したデマだと言う人もいました。実際、そんなに強力な毒ガス兵器が製造されていたら、米軍が見逃すはずがないそうです」

「ええ。前回の聴取の際、わたしの言ったことが本当だと信じてくれましたか。毒ガス製造工場云々の話はあくまでも噂です。しかし風評のせいで価格が下がっているのは事実だし、噂を払拭《ふっしょく》するための地質調査も必要です。当然その分が土地購入代金に反映してしまい、結局は破格の値段になってしまったんです」

どこか頼りなげな喋り方をするのでつい疑ってしまいそうになるが、現況調査に付き合った美晴はそれが真実だと知っている。世の中にはまことしやかに嘘を吐いて他人を信じさせる者もいれば、真実を語っても押し出しの弱さから信じてもらえない者もいる。何ともままならないものだと美晴は思う。

「向山の土地価格は諸事情があって不当に安い。それは分かりました。しかし一方、荻山理事長と協議を進める中で、他に競合する物件、実勢価格が同等である物件が不適格であるという確証が得られていません」

安田の顔色が変わる。折角不破の表情を観察しているというのに、本人がころころ顔色を変えていては話にならない。

「同じ岸和田の寺井町。敷地面積が八千四百平米だから向山の八千七百平米にほぼ匹敵します。荻山理事長の証言によれば、二つの候補地を比較して寺井町の物件は学園建設地として相応しくないと助言したのはあなたでした」

「ええ、その通りです」

「寺井町の物件も視察してきました。以前は鏑木医院という個人病院だったそうですね。廃業後は買い手がつかぬまま荒れるに任せてありました」

「税金滞納が理由で所有権が移転すると、土地建物を管理する人間がいませんから」

「腑に落ちないことがあります。病院跡は確かに荒れ放題でしたが、住環境として嫌忌《けんき》されるというほどではないように感じました。最寄りの駅から離れているのはマイナス要因としても、喧騒《けんそう》もなく付近に忌避施設が見当たらないのは教育環境として好ましい。それなのに、何故あなたは建設予定地として相応しくないと判断したのですか」

相変わらず淡々とした口調だが、安田を動揺させるには充分な破壊力だった。今まで正面から不破を見ていた目は机の上に落ち、唇は一文字に閉じられた。

「周辺地域の風紀が突出して悪い訳でもなく、その程度の風紀であれば学園建設を機に変質していく可能性も少なくない。現に大阪府下の小学校が郊外に校舎を抱えている例は珍しくない。将来的な展望に立てば、学園建設を契機として新鉄道網の敷設や商業施設の誘致も見込める。既に産業団地が形成されている向山の事情を鑑みれば、地域活性化に有望なのは寺井町の物件という言い方もできる」

「あくまでも仮定の話でしょう。それに荻山理事長は地域活性化なんて崇高《すうこう》な理念は欠片《かけら》も持ち合わせていません。あるのは荻山学園がどれだけの児童を集められるかだけです」

安田は吐き捨てるように言う。荻山理事長を悪《あ》し様《ざま》に語ることで彼との癒着を否定しようとしているのなら、なかなか効果的だと美晴は思う。

「荻山理事長の理念を何故あなたが知っているのですか」

「しばらく国有地払い下げでは協議しましたからね。あれだけ話していれば人となりも大体は分かってきます」

「学園の収支しか頭にないとの人物評ですが、それなら寺井町の物件であっても同様に興味を示したはずです。荻山理事長が向山の物件を選択するように、あなたが誘導したのではありませんか」

「どうしてわたしが、そんな真似をしなきゃならないんですか。寺井町の物件には何の利害もないというのに」

「あそこには京阪大の寮がありましたね」

「ええ、〈寺井寮〉です。とっくに調べが済んでいると思いますが、あの寮には僕も住んでいました。まさか自分が青春時代を過ごした場所に、荻山学園を建設させたくなかったとかセンチメンタルな気持ちがあったとでもいうんですか」

「いいえ。あなたがセンチメンタルかどうかは知りませんが、少なくともそんな動機で学園建設を阻止しようとするのは間尺に合わない。現在、〈寺井寮〉がどうなっているかは知っていますか」

「さあ」

　安田は返事をぼかしたが、現状を知っているのは明らかな顔つきをしていた。だが不破はそこに拘泥《こうでい》しない。

「では、〈寺井寮〉の近くにある〈一膳〉という定食屋はどうですか」

「懐かしい名前を出しますねえ」

安田は唇の端で笑ってみせる。無理に作った笑顔は痛々しいくらいだった。

「味はともかく、貧乏学生の財布には優しい店でした。僕も何度か行ったことがあります。あの店はまだ営業しているんですか」

不破は机の上に置かれたファイルから一枚の紙片を抜き出す。美晴の立つ位置から、〈一膳〉の壁に飾られていた例のスナップ写真のコピーであるのが分かる。

自分と高峰が肩を組んだ写真を突きつけられると、安田は静かに息を吞んだ。

「あなたは高峰検事と面識がなかったと証言した。同じ大学の出身であっても三年違い、しかもマンモス大学だからキャンパスですれ違っても通行人程度の認識でしかないと。だが通行人同士が行きつけの定食屋で肩を組むというのは、あまりない話だ」

しばらくの沈黙の後、安田がやっと返事を絞り出した。

「その写真、ひょっとしたら合成か何かじゃないんですか」

歪んだ口角がわざとらしかった。

「大阪地検さんは証拠の改竄は慣れていらっしゃるだろうし」

「そう思うのは自由ですが、聴取相手の検察官に向かって吐いていい言葉ではありませんね」

「失礼しました……初めて目にする写真なので、つい疑ってしまいました。きっと酔っ払っていたんじゃないかな。僕は下戸《げこ》なもので、ビールをコップ一杯でも正体をなくしてしまいますから」

「コップ一杯で正体をなくすような人が、通行人程度の面識しかない相手と酒を酌み交わしますか」

「学生のノリなんて、そんなものですよ」

「この一枚は他のスナップ写真同様、〈一膳〉の壁に貼られていました。何度か店を訪れたのなら、目にしたはずではありませんか」

「だから、常連というほど通い詰めていた訳じゃないんです」

「行きつけでもない店で、通行人程度の認識しかない相手と酒を呑むというのは道理に合いません」

不破は論理の綻《ほころ》びを執拗に突いてくる。安田は防戦一方だが、それでも高峰と知己であった事実を決して認めようとしない。

「国有地払い下げの件で事情聴取された際も、高峰検事と知己であるとはひと言も証言しませんでしたね」

「決して偽証した訳じゃありません。そりゃあ写真を見れば昔からの知り合いに見えるかもしれませんけど、実際初対面だと思い込んでいましたからね。偽証ではなくて、あくまでも錯誤ですよ」

知らぬ存ぜぬでは通せないと踏んだのか、安田は錯誤という逃げ道を繰り出した。言葉遊びと言うなかれ、事実の一部を渋々認めたかたちなので、これはわずかながらも前進と言っていい。

「もう一度質問します。あなたが寺井町の物件を候補から外した本当の理由は何だったのですか。幾度となく国有地払い下げを担当してきた調整官としての意見を聞かせてください」

検察官の中には被疑者に対して高圧的な対処をする者が少なくない。心理的に圧迫して供述を引き出す手法はあながち間違いではないが、不破はどんな被疑者が相手でも丁寧な口調を崩すことがない。ところが無表情と相まって感情の見えない物言いが、高圧的な態度よりも被疑者を追い詰める。

　言葉を重ねたり回答を急かしたりはしない。ただじっと被疑者から視線を逸らさず、射殺《いころ》すように見つめ続ける。

　無言の対峙が続く中、どうやら安田はだんまりを決め込んだらしく、遂に口を開こうとしなかった。


「これはまた意外なものを発掘してきたな」

　高峰はそう言いながらスナップ写真を弾《はじ》いてみせた。

　高峰への二度目の聴取が始まると、不破は最初から切り札を出した。機先を制するためだろうと美晴は見当をつけたが、思いのほか高峰の表情に動揺は見られない。

「お二人は取り調べで顔を合わせるまでは初対面のはずでした」

「ああ、確かにそう供述した。しかし、こういうブツを提示されたのなら錯誤だったと認めるしかないな」

　安田と同じ抗弁を聞いた時、美晴は二人が口裏を合わせたのではないかと勘繰った。情報が共有されないように二人の聴取は連続して行われたが、ほんの数分でやり取りをした可能性は否定できない。

「それにしてもこんな写真、どこから発掘したんだ。写っている本人にも憶えがないのに」

「身なりから察するにお二人が学生時分のころでしょう」

　不破が安田の時と切り口を変えたのは、先に言質を取られないためだろうと推測できる。あくまでも高峰の口から情報が吐き出されるのを待っているのだろう。

「なるほど出身大学は同じだからな。あれだけ学生の数が多けりゃ、一度くらいは見知らぬ後輩とテーブルを囲むこともあっただろうな。わたしが大学時代、ラグビーに明け暮れていたのは喋ったかな」

「供述内容にはありませんが資料に残っています」

「今はどうだか分からないが、当時の京阪大ラグビー部というのは豪傑揃いでね。いや、豪傑でなければ生存できなかったというべきかな。酒が吞めなきゃ男じゃない、男じゃなけりゃフィールドに立つなと怒鳴られたものさ。今やったら、とんだパワハラだが、その頃は二日酔いを堪えながらマウスピース咥《くわ》えるのが当たり前だったよ」

心なしか高峰の顔が晴れやかに映る。だが、それが偽りの表情ではないと言いきれない。美晴は判断に苦しむが、では不破は判断できるのかどうか。

「だからといってまだ二十歳そこそこのガキだ。部員同士で競って吞んでりゃ酩酊《めいてい》もする。横にいるのが同級生なのか後輩なのか、知り合いなのかそうでないのか分からないままに肩を組むなんてのもざらにある。検察官の立場で酔った上の不埒《ふらち》を大目に見ろとは言わないが、肩を組むくらいは許容範囲だろう。まあ相手が未成年だから飲酒は問題だとしてもとっくに時効だ」

「知り合いではなかったし、二十年ぶりに再会しても記憶になかったという主張ですか」

「ああ。マンモス大学にはありがちな話だ。法曹界にも京阪大のＯＢが多いからな。下手すりゃ裁判官も検察官も弁護士も京阪大ＯＢだったなんて冗談が成立する」

「どこで撮った写真なのかは憶えていますか」

「酒が入っている時点で居酒屋の類だろうな。ラグビー部行きつけの呑み屋なんてそうそうなかったから、少し考えれば思い出す」

やはり自分の口から情報を吐くのを警戒しているようだ。のらりくらりと逃げて言質を取られまいとしている。

「無駄な時間を掛けたくないので言っておきますが、あなたと安田調整官がよく連れ立っていたのは写真以外にも目撃者がいます」

瞬間、高峰は吟味するように不破の目を覗き込む。見ていた美晴は思わず苦笑しそうになる。不破の表情を読もうとする仕草が安田のそれと酷似していたからだ。

「はったり、かな」

「あなたが言ったように京阪大OBは法曹界以外にも沢山います。証言を集めるには母数が大きい方が助かる」

「その証言に信憑性はあるのか。報道以来、わたしも安田もちょっとした有名人になっている。OBの中には、妙な噂を立てて事態を紛糾させようという輩もいるだろう」

「その証言を裏付けるのがスナップ写真です。証言の信憑性を担保する証拠が出てきた以上、あなたと安田調整官が学生時分からの知己であったと考えざるを得ません」

高峰は束の間、言葉が途切れる。

「百歩譲ってわたしと安田が知己だったとしよう。では、その事実を隠そうとした理由は何だ。血縁関係ならともかく、ただの知り合いというだけで担当を外される謂《いわ》れはない」

「質問しているのはこちらです」

「大体、どうして不破検事が寺井町に赴く必要がある。あなたの仕事は文書差し替えについての調査であって、国有地払い下げの捜査ではないはずだ」

「わたしは一度も寺井町の名前を出していませんが」

高峰の鉄仮面が崩れた瞬間だった。

「場所を寺井町と特定したからには、写真を撮った店も特定しているのでしょう」

「それは」

「実は、過去に高峰検事が作成した検事調書のいくつかを拝見しました」

いきなり話題が切り替わったので、高峰は困惑したようだった。

困惑したのは美晴も同様だ。いったい不破はいつそんな調べものをしていたのか。行動をともにしているはずの自分が、不破の行動を把握しきれていなかった。

「あなたが被疑者から供述を引き出す術《すべ》は調書を読めば類推できます。追い詰め方を知っている者は逃げ方も知っている。あなたはスナップ写真の撮影場所を知られたくない風を装っていますが、見せかけに過ぎない。あなたが隠したいものは別の何かです」

「偏った見方だな」

「仕事の流儀は普段の生活にも及ぶことが多い。決して偏った見方ではないでしょう」

「隠していることなどない」

「このスナップ写真を入手したのは偶然によるものです。元々の目的は荻山学園建設予定地の別の候補地を視察することでした」

再び高峰は口を噤む。やはり高峰にとっても寺井町の物件は触れられたくない場所らしい。

「国有地払い下げ疑惑を担当していた高峰検事でしたら、寺井町の物件が何の跡地だったかご承知でしょう」

「……確か廃業した病院の跡地だったと記憶しているが」

「病院の名前はどうですか」

「そこまでは知らん」

これも美晴には往生際の悪い嘘のように聞こえる。最初から鏑木医院の名前を出せばいいものを、小出しにするから余計に疑われる。尋問を生業とする高峰が珍しく落ちた陥穽《かんせい》だった。

「不破検事。再度訊くが、あなたは文書差し替えについて調査しているはずだ。だが拘っているのは学園建設予定地の選定に外れた地所ときた。いったい何を嗅ぎ回っている」

「質問しているのはこちらです」

「まだ逮捕もされていない案件だろう。容疑者扱いされる謂れはない。こちらにも質問する権利があるはずだ」

高峰はずいと身体を前に乗り出した。不破に迫るかたちだが、対する不破は眉一つ動かさない。

「不破検事の思惑が正当なものと判断できれば、わたしの方も協力するに吝《やぶさ》かでない」

さすがに美晴は呆れた。調べを受けている立場だというのに、それすらも利用して不破を取り込もうというのだ。もちろん同じ大阪地検の同僚だから、不破がそんな誘いに易々《やすやす》と応じるとは思ってもいないのだろう。だが敢えて水を向けることで不破の反応を探り、事情聴取を有利に進めるつもりなのだ。

「調査チームの目的は文書差し替えが現実に行われたかどうかの判断であり、わたしの訴追は二の次のはずだ」

「そうですね」

「無論、調査チームを派遣した最高検の目論見はわたしだって承知している。先の証拠物件改竄事件の時と同様、大阪地検特捜部を掻き回した上で東京の連中の受け皿を用意しようとしている。このまま相手側のいいようにされるなんて同じ大阪地検の検事として不愉快極まりないじゃないか」

高峰は同意を求めるような視線を送るが、不破は相変わらずの無反応を示す。

「……能面というのは噂でも何でもなかったんだな。多分に挑発したつもりなんだが」

「挑発したところで高峰検事が何を得られるのか、理解に苦しみます」

「聴取相手の性格や癖を知るのは重要だろう」

「重要であるのは否定しませんが、肝要なのはそこではありません」

「じゃあ、どこだ」

「被疑者が真実を告げているかどうかを見極め、送検された内容に合致しているかどうか。検察官に求められる資質は、詰まるところその一点だけだと思っています」

「わたしの喋っていることに虚偽はない」

「判断するのはわたしです。それに虚偽さえなければいいというものではないでしょう。仮にも被疑者を起訴するかしないかを決定する司法機関です。自己か他者かに限らず、特定された利益のために事実の隠蔽を図るのは背任でしかない」

「それが他人のためであってもか」

「例外はありません」

今度は高峰が呆れた様子で身体を引いた。

「聞きしに勝る堅物だな。まさか司法取引まで拒否するつもりか」

「高峰検事は本件で司法取引を提案するつもりですか」

「そうだと言ったらどうする」

司法取引という言葉に、美晴の耳が著しく反応する。まさかこの場で司法取引を持ち掛けるつもりか。

司法取引は捜査協力を取り付ける一方で、協力した被疑者の刑の軽減や罪状の取り下げ、もしくは不起訴を検討する制度だ。従来、反社会的勢力や企業が絡む犯罪では見返りなしに捜査協力を得るのが困難だった。仮に協力が得られたとしても、被疑者が減刑を期待して行った自白は任意性に疑いがあり証拠能力に欠けると解釈されていたからだ。

そこで刑事訴訟法の一部が改正され、司法取引が制度化された。制度化したものなら任意性も証拠能力も担保できるという理屈だ。もちろんすべての犯罪に適用される訳ではなく、以下の条件を満たすものに限定される。
1　協力行為者にメリットを与えてでも適正に処罰する必要が高いこと。
2　司法取引制度の利用に適していること。
3　被疑者や国民の理解を得られやすい犯罪に限定すること。
今回、大本の案件になっているのは国有地払い下げに関わる贈収賄の疑いなので、右の条件には合致する。もし高峰が兵馬議員と荻山理事長、安田調整官との間に利益供与があった証拠を提供できたのなら、文書差し替え疑惑を立件しなくても、メリットの方が大きい。元より特捜部の不祥事だから、これを事件にしないことは世論の反発は免れないものの大阪地検にとっては恰好の逃げ道になる。

美晴は緊張して不破の返事を待つ。原理原則が信条の不破でも、より巨悪の犯罪を検挙するためなら制度を利用するかもしれないと思ったからだ。

だが、不破はどこまでも不破だった。

「生憎ですが、たとえ高峰検事が提案してもわたしは受けるつもりがありません。罪を犯した者は等しく罰を受けるべきです」

「ふん」

きっぱり拒絶されると、やがて高峰も口を閉ざしてしまった。

高峰が執務室から出ていった後、不破はぼそりと呟いた。

「見過ごしていた」

「え。何をですか」

「折角、現地まで足を運んでいながら、一番探すべきものを探していなかった」

2

翌日、不破は美晴を伴って再び岸和田市寺井町を訪れた。例によって、不破が珍しく見逃していたものとは何だったのか一切の説明はなく、訳が分からぬままの同行だった。

クルマが鏑木医院跡に到着すると、ようやく不破の思惑が見えた。

「調べ足りなかったのは、この土地のことだったんですね」

「安田調整官と高峰検事の反応を見ていたか」

ただの問いかけではなく、こちらの観察力を試しているのだと分かる。美晴は可能な限り二人の証言を思い出し、概要を諳《そら》んじてみせた。

「安田調整官も高峰検事も寺井町の名前を出した途端に顔色が変わった。安田調整官には荻山理事長との交渉過程が、高峰検事には文書差し替えの件が最重要のはずなのに、二人とも寺井町には関わってほしくない態度がありありだった。殊に高峰検事は司法取引まで持ち掛けてきたが、あれだって決して本意じゃない。とにかく寺井町から関心を逸らしたくて咄嗟に思いついたんだ」

「それ、言い切っちゃうんですか」

「二人の証言を憶えていたのに、仕草を見ていなかったのか。司法取引を持ち掛けた際、高峰検事はそれまで開いていた両手を握り締めた。努めて平静を装っていたが、リラックスした状態だったとは言えない」

自分は話を聞くのが精一杯だったのに、不破は質問相手の手まで観察していたのか――いつもながら彼我《ひが》の差に美晴は少し気落ちする。同じ時間を過ごし、同じ相手から聴取しているというのに、この差異は何に起因しているのだろうか。

鏑木医院跡地は先に訪れた時からいささかも変わっていない。雑草は人為が侵入するのを拒むように繁茂し、棟の中には闇が広がっている。

またぞろ雑草の間を掻き分けていくのかと思うとぞっとしなかったが、不破はクルマの後ろに回ってトランクを開けた。

この男が学ばないはずもない。不破がトランクから取り出したのは軍手とバッテリー式の刈払《かりはらい》機《き》だった。

「そんなもの、いつの間に」

「少なくとも君が助手席に乗り込む前だ」

「一応、国有地ですよ」

「土地建物を管理する者はいないと安田調整官が言っていた。文句を言う人間はいない」

電源が入った瞬間、刈払機はけたたましい金属音を上げて雑草を刈り出した。いくら人為を拒んでも文明の利器には逆らえず、雑草は不破に道を譲るように薙《な》ぎ払われていく。建物に辿り着くまでは、あっという間だった。

玄関はガラスドアだった。開業当時はモダンに映ったであろうドアも今では白く濁り、中の様子は窺えない。

「不破検事。鍵は用意していませんよね」

それには答えず、不破は躊躇なくドアを押す。

驚いたことにドアは盛大に軋みながら内側に開いた。

「鍵、開いてたんですね。でも、どうして知っていたんですか」

「前回訪れた際、建物の中にビールの空き缶が転がっているのが見えた。病院にはそぐわないものだから、閉鎖した後に持ち込まれたものだろう。つまり廃墟で酒盛りをするような手合いが侵入していることを示唆する。そういう手合いが正式な手続きに則って鍵を借りるはずがない」

見れば錠の部分が強引にこじ開けられている。なるほど正式な手続きを経ない開錠の仕方だった。

不破に続いて廃墟に足を踏み入れた瞬間、異様な光景が視界を覆った。まるでジャングルだ、と思った。

隙間から侵入した雑草が重なってまるで床が見えない。壁と言わず窓と言わずツタが縦横無尽に伸び、ここが外界から隔離された世界であるのを主張している。受付カウンターから延びる待合室では、ほとんどの長椅子が斜めに傾いでいる。飛び出したスプリングにこれまたツタが絡まり、さながら無機物と有機物の結合を見せられる思いだ。

視覚に少し遅れて嗅覚も異臭を捉えた。雑草の一部が腐っているせいか腐葉土に似た臭いが鼻腔《びこう》に飛び込んでくる。青臭さと甘い腐敗臭が混然一体となり、美晴は堪らず吐き気を催した。

外の空気は乾燥しきっているのに、廃墟の中はわずかに湿気がある。間違いなく雑草が醸し出す湿気のせいであり、ますますジャングルの様相を呈している。

一歩入ったまではよかったが、とにかく足の踏み場がない。美晴は早くもヒールの高い靴を履いてきたことを後悔する。ここはハイヒールよりも長靴が必要な場所だった。

窓という窓がツタで遮られているため、日中でも廃墟の中は薄暗い。こんな暗がりで何ができるのかと不安になったが、用意周到な不破は懐中電灯も忘れていなかった。

「ライトを持参しているのは、探す目的が分かっているんですよね」

不破は返事もせずに廃墟の奥へと進んでいく。

閉鎖後も廃墟への訪問者は引きも切らなかった模様で、雑草に紛れるようにビールの空き缶や菓子袋、プラスチック容器が散乱している。中には焚火《たきび》をしたらしい痕跡もあり、よく火事にならなかったものだと感心する。すっかり色褪《あ》せた毛布は訪問者が寝泊まりした残骸だ。

不破はそうした残骸の一つ一つを手に取りながら待合室を調べていく。何か明確な目的があるのかないのか、その素振りからは判断できない。不破のことだから結果が出るまでは美晴にも教えてはくれないだろう。

不破は軍手で雑草を持ち上げ、床を露にしていく。何も聞かされなかったとは言え、傍らで見ているだけの美晴はひどく居たたまれなくなった。

「わたしもやります」

素手で雑草を摑んだ瞬間、「使え」ともう一組の軍手を渡された。

「用意しているのなら、最初に渡してください」

「自分で用意してくる可能性もあったからな」

「まさか家探しするなんて聞いていません」

「雑草でまともに歩けない敷地に入るんだ。廃墟の中に入る以前にそれくらい準備するのは当然だろう」

こういう不親切で言葉数の少ない上司の許《もと》にいれば、さぞかし能力は向上するのだろうと自棄《やけ》気味に考える。仁科の弁によれば、最悪の上司はパワー・ハラスメントでも無能でもなく責任を取らない管理職らしいが、その伝で言えば最低限の指示だけして後は美晴の裁量に任せる不破は最良の上司ということになる。

「いったい、何を探しているんですか。せめてそれくらい教えていただければ、わたしだって戦力になれます」

「不自然なものを探している」

「はい？」

「閉鎖されて二十年が経過し、幾度も外部侵入を許した廃墟。安田調整官や高峰検事が隠そうとしているのは、そういう場所に相応しくないものだ」

不破の説明は抽象的に過ぎて腑に落ちない。まるで影も形もないものを探せと命じられているようなものだ。

「構えて考える必要はない」

振り向きもせず、指示が飛んでくる。

「観察力さえあれば、不自然なものは浮き上がって見える。後はどうして不自然なのかを考察すれば理由も自ずと明らかになる」

理屈は理解できても感覚がついてこない。己の能力不足を痛感するのはこういう時だ。不破は美晴にも理解できるように説明しているつもりらしいので、重ねて質問すると更に己の不甲斐なさを強調することになる。最良かもしれないが、これほど意地悪な上司もいないのではないか。

不破は黙々と捜索を続ける。床をあらかた見た後は壁の観察に移る。張り巡らされたツタを剝がし、一面に視線を走らせる。異状がないとみるや、別の壁面からまたツタを剝がす。

「次だ」

待合室の観察を終えると、不破は受付カウンターの前を通り過ぎて診察室らしき棟へと移動する。

「らしき」というのは、床から天井まで蔓延《はびこ》るツタのせいで部屋の細部や案内表示がよく見えないからだ。

先へ進むにつれて窓が少なくなるので周囲はより暗くなる。不破の持つ懐中電灯だけが頼りになり、後ろを歩く美晴の足元はいよいよ覚束《おぼつか》なくなる。

不破は途中の確認も怠らない。いちいち雑草を取り払い、リノリウムの廊下を露にして具《つぶさ》に観察している。

不自然なもの――言わんとしていることは理解できるが、そもそも廃墟の中の自然さとは何なのか。おそらく不破の中には常識の範疇《はんちゅう》に入っているのだろうが、哀《かな》しいかな美晴の常識は彼の半分もないらしい。不破が何を見て納得しているのか皆目見当もつかない。

やがて不破は部屋の中へと入っていく。中心に診療台が鎮座しているので診察室と分かる。ただし医療機器の類は撤去しているらしく、残存しているその他の備品は破壊されて原形を留めないキャビネットくらいだ。

歩きにくさに難渋していると、次第に不破との間隔が大きくなった。

「待ってください」

待てと言われて待つような男でないのは他ならぬ美晴が一番よく承知している。慌てて歩を速めようとした時、靴の先を引っ掛けて体勢を崩してしまった。

短く叫んで前方に倒れる。雑草がクッションの役割を果たしてくれたために衝撃は少なかった。

「何だ、騒がしい」

「すみません。何かに引っ掛かったみたいで」

すると不破は振り返り、美晴の許まで引き返してきた。意外な気遣いに驚いたが、不破は美晴にではなくその足元に興味があったらしい。

「退《ど》いてくれ」

思いやりの欠片もない言葉で美晴を退かせ、その場の雑草を引き剝がす。あんまりだと思ったものの、不破に部下への労《いたわ》りを期待する方がどうかしている。そもそも指摘された通り、ジャングル同然の敷地にヒールの高い靴で臨んだ自分が迂闊なのだ。

二人で作業を続けていると、やがて床が現れてきた。長方形の床板を並べたフローリングだが中央が盛り上がり、板の端が突出している。足を引っ掛けて当然の有様だった。

しかし不破の手はひと時も休まない。今度は床板の端を持ち、力任せに剝がしにかかる。すっかり腐食していたせいか、フローリングはめしめしと鈍い音を立てながら容易く剝がれていく。

ほどなくして床下の根太《ねだ》と大引《おおびき》が露出する。奇妙なのは中央の根太と大引が外れ、土が盛り上がっていることだ。不破でなくても分かる。何者かが床下部分を埋め、その上から根太と大引とフローリングを乗せたに相違なかった。

とうとう見つけた。

これが不破の探していた不自然なものだ。

「掘りましょう」

美晴が軍手のまま土に触れようとした寸前、不破から制止された。

「やめろ」

「これが不破検事のお目当てだったんですよね」

「だからこそ不用意に対処するなと言っている」

美晴の手を引っ込めさせてから携帯端末を取り出し、何処《どこ》かを呼び出す。

「大阪地検の不破です。署長をお願いします」

ややあって相手が出ると、不破は鏑木医院跡に異状が発見された旨を報告する。

「国有地という事情もあるので立ち会っていただければ幸いです……はい。それではお待ちしています」

通話を終えたのを見計らって訊いた。

「どこに掛けたんですか」

「岸和田署だ。署員の手を借りて掘る」

「どうしてそんな手間を。わたしたち二人で掘ればいいじゃないですか」

「第三者の立ち会いが要る。自ら証拠能力を無力化するつもりか」

まだ床下に何が埋まっているかは定かでない。第三者の立ち会いが必要なのは納得できるが、思惑も告げずに所轄を動かせるのはさすがに一級検事の威信といったところか。

数分後、二人の警察官が押っ取り刀でやってきた。命令が着実に伝わったらしく、二人ともスコップを持参していた。

「もう一本、予備のスコップを用意しろと仰《おお》せつかりましたが」

「その一本はわたし用です」

不破は至極当然といったように警官からスコップを受け取る。

「あの、不破検事。わたしは何をすれば」

「スマホでいいから作業している様子を撮ってくれ」

とにかく不破は第三者の視点を欲しているらしい。それなら美晴は指示に従うまでだ。

三人による発掘作業が始まった。埋まっているのが何なのか分からないため、いきおいスコップを握る手は慎重になる。警官たちに至っては理由も知らされずに手伝わされるのだから、おっかなびっくりで作業する羽目になる。

ゆっくりと、しかし着実に土が取り除かれていく。そして十分ほど経過した時だった。

「何か、あります」

警官の一人がスコップの先に異物を感知した。

「傷つけないように、ここからは手で掘ってください」

不破の指示で作業は更に慎重になる。

やがて異物の正体が明らかになった。

人骨だった。

警官たちはたちまち緊張する。

「鑑識を呼んでください」

すぐに岸和田署からワゴン車数台が到着した。通常の事件発生時と同じく、廃墟の入口はブルーシートで覆われ、手際よく歩行帯が敷かれる。応援にきた警察官が更に発掘を進め、鑑識課員が周辺の残留物を漁り始める。違うのは検視官が不在なことくらいだ。

すっかり露になったのは完全な白骨死体だった。死体以外は着衣も所持品もなかった。

「骨盤の大きさから女性のようですなあ」

年嵩《としかさ》の捜査員がそう洩らした。もちろん目視で推察できるのは男女の別くらいで、年齢や容姿などは不明だ。

「綺麗《きれい》に白骨化している。表面に外傷らしきものも見当たらないので、死因の特定は困難でしょうな」

諦めにも似た呟きだったが、今は科捜研に運んで何かしらの成果を待つしかないだろう。

ここに至って第三者の立ち会いを求めた不破の目論見が功を奏した。不破と美晴だけで死体を発見すれば、なるほど証拠能力を疑問視する人間も出てくるだろう。最初の段階から警察が関与していれば妙な疑いも払拭できる。

「それにしても、どうしてここに死体があると見当をつけられたんですか」

鑑識課に同行してきた刑事は、それでも疑《うたぐ》り深く不破に質問してきた。

「何が埋まっているかは判然としませんでしたが、少なくとも見つけられたら困るものが隠されているという認識はありました」

「はあ、そうですか」

刑事は半信半疑の体で頷いていたが、それも次の瞬間までだった。

「すみませえん、こっちも何か埋まってそうです」

別の診察室から警官の声が上がる。廃墟の雑草が全て撤去される作業の途中のことだった。

まさか、という予感はおそらく全員の思いだったろう。早速、発掘作業が再開し、数分後にもう一つの白骨死体が姿を現した。

「いったい、どうなってるんだ。これじゃあ病院というより墓場じゃないか」

件の刑事が洩らした感想もまた全員の思いを代弁したものだった。

二体目は成人男性のものと見受けられた。先に発見された死体と同じく、彼の着衣と所持品も見つからなかった。

現場は俄に騒然となる。二度あることは三度ある。廃墟の床下にはまだ死体が埋められている可能性がある。急遽《きゅうきょ》建機が駆り出され、廃墟の一斉捜索が始まった。

壁が撤去され、廃墟の中に光が射《さ》し込む。床と壁を這っていた雑草の類は全て取り払われ、全室の床が剝がされた。

こうして廃墟は跡形もなく解体され、部屋の床は洩れなく掘り起こされた。

結局、発見されたのは二つの死体だけだった。

3

『ただいま、速報が入りました。神戸小学生殺人事件で須磨《すま》警察署は容疑者を逮捕、容疑者は十四歳の少年。繰り返します。神戸小学生殺人事件で須磨警察署は容疑者を逮捕、容疑者は十四歳の少年です』

「げ」

「中三かよ」

テレビのニュースを見ていた他の客から十四歳の容疑者に対して驚きとも非難ともとれる声が洩れた。鯖《さば》の煮付定食を突《つつ》いていた安田も、箸を止めてしばらくはテレビ画面に見入っていた。

「子供の首切り落とした挙句、耳まで切り裂いてたんだろ。人間の仕業じゃねえな」

「親の顔を見たいもんだ」

テレビに向かって悪態を吐いているのは大抵が京阪大の学生だった。ここ〈一膳〉は学生寮に近く、どのメニューもボリュームがある割に懐に優しいので京阪大生御用達《ごようたし》の店になっている。

彼らが悪態を吐くのも理解できる。世情に疎い安田ですら事件が近年稀にみるほど猟奇的であるのは聞き知っている。その犯人がわずか十四歳だというなら、親にも問題があるのだろうと思う。

ところが客たちに冷や水を浴びせる声が上がった。

「親の顔見たってしゃあないやん。所詮別の人間なんやから」

皆がぎょっとして振り向いた先には店の看板娘、金森小春《かなもりこはる》の姿があった。

「これから、この中学生の親に下衆《げす》な連中が仰山《ぎょうさん》群がるに決まっているわ。可哀《かわい》そうやなあ。せめて兄さんたちはそんな下衆にならんといてね」

自分と同年代の娘に窘《たしな》められても、客たちは気まずそうに頭を掻くだけで逆らおうとはしない。客相手でも歯に衣着せぬ物言いをし、尚且つ嫌われない。小春はそういう娘だった。空気に流されて安易なことを口にしなくてよかったと、安田は胸を撫《な》で下ろす。

一九九七年、安田啓輔は京阪大一回生として〈寺井寮〉に入寮していた。貧乏学生で食費を節約しなければならない身分にも拘わらず〈一膳〉に通い詰めているのは、ここに小春がいるからだった。

ただし未だに小春とは店員と常連でしかない。奥手な安田が店の常連になって二カ月になるが、その間に交わした言葉といえば「いつもの」と「ごちそうさま」くらいのものだった。

女性恐怖症とまではいかないが、どうにも異性相手は緊張する。ところが小春ときたら、強面《こわもて》の四回生にすら思った通りのことをぶつける。自分が小春に惹《ひ》かれるのは、己にないものを持っているからだろうと再確認する。

「心配すんなよー、小春ちゃん」

店の奥のテーブルから野卑な声が飛んできた。

「そういう下衆は俺がまとめて改心させてやるから」

ただ野卑なだけではなく、酔いが回っている声だ。

「高峰さんの改心は無理偏にゲンコツつきやないの。そういうんもウチは嫌いやからね」

「下衆な野郎には一番効くんだ」

高峰仁誠、法学部四回生。ラグビー部でスタンドオフを務めているだけあって偉丈夫で、安田と三つしか違わないのに並ぶと大人と子供に見える。テーブルには一人だけで掛けているのだが、身体が大きいので既に他の人間の座る余地がない。

「殴って言うこと聞かせたって改心なんて絶対にせえへんよ。せやから下衆ゆうねん」

小春が物怖《ものお》じしない強面の四回生、というのが高峰だった。普段は傍若無人の限りを尽くし口より先に手が出るという噂の高峰も、小春の前では借りてきた猫同然だ。

武勇伝というのはえてしてそういうものだが、高峰のそれは群を抜いている。アマチュアレスリングの選手にタイマンで勝ったとかミナミの繁華街でヤクザ五人を相手に大立ち回りを演じたとか、話半分としても迫力がある。その高峰が小春を憎からず思っているのは誰の目にも明らかだった。

小春に対して安田が必要最小限の言葉しか交わさないのも、高峰の存在があるからだった。高峰の前で小春に親しげな態度を取るのは自殺行為に等しい。

「おっ兄《に》いさーん」

うじうじ考えていると、頭の上から小春の声が落ちてきた。

「煮付、味わってくれるんは嬉しいけどさ。そないゆっくりやと冷めてまうよ」

いきなり話し掛けられて驚いた。

「ご、ごめんなさい」

「あー、こっちこそごめんね。ゆっくり食べられると、一瞬不味《まず》いんかなーと思って」

「そんなことはないよ」

安田は嫌われたくない一心で必死に、

「〈一膳〉で出してくれるメニューだったら猫マンマだって絶品だから」

「……あのね、お兄さん。それ、褒めてるようで全然褒めてないから」

小春はくすくす笑いながら厨房《ちゆうぼう》へ消えていく。客あしらいが上手いのも彼女が看板娘でいられる理由の一つだった。

煮付の残りを急いで片づけていると、背中に強い視線を感じた。

振り向くと、高峰が鬼の形相でこちらを睨んでいた。


安田が京阪大の経済学部に入ったのは、一にも二にも同大学のOBが近畿財務局で幅を利かせていたからだ。第一志望の国公立が全滅となり、親に負担はかけられないので滑り止めの京阪大に入学した。人生設計が少しばかり狂ってしまったが、この上は公務員試験を受けて役人を目指せばいいだけの話だ。この不景気の折、学生が安定した職業を求めるのは当然の成り行きだった。

しかし滑り止めで入った大学に愛着など湧くはずもなく、安田の日々は後悔と自己嫌悪に彩られていた。キャンパスを歩いていても講義を聞いていても、楽しいことなど何一つない。入学してまだ三カ月も経っていないというのに、心はかさつき、ささくれ立っている。

安田を更に陰鬱にさせているのが両親の態度だった。当初、国公立大合格間違いなしと判定されていた息子が、いざ蓋《ふた》を開けてみれば滑り止めしか受かっていないという体たらくに二人とも絶望しかしなかった。四年間を謳歌《おうか》しろとも将来を見据えろとも言わず、唯々《ただただ》国公立大と京阪大の授業料の格差を愚痴るだけだったのだ。

「これ以上、学費にカネを掛けられない」

「先生が国公立大は間違いないって太鼓判を押したから安心していたのに」

かくして安田は奨学金制度に頼らざるを得なくなる。奨学金といえば聞こえはいいが、要は学生専門のローンに過ぎない。安田の場合は、卒業後に四年間分の学費三百五十万円プラス利息を支払う義務がある。社会人としてのスタートがいきなり借金から始まる訳で、これで気分が腐らない方がどうかしている。

そんな生活で唯一の潤いが〈一膳〉の定食を突きながら小春の姿を追うことだった。本人からは薄気味悪いと言われるだろうが、彼女を見ているだけで憂さを忘れられるのは事実だった。

今日は見ているだけでなく、幸運にも彼女と言葉を交わすこともできた。これだけで今日は上出来だったというべきだろう。

「おう」

不意に呼び止められ、振り返るとそこに高峰が立っていた。

「お前、法学部じゃないよな」

「経済学部です。何か用ですか」

「小春ちゃんとずいぶん気安そうだったな。お前、何者だよ」

さっきの二言三言のやりとりが気安げだったというのか。

「別に気安くなんてないですよ。ただの世間話だし、第一、今までだってそんなに話したことありませんよ」

高峰は安田の前に回り込む。相対すると安田は相手を見上げる体勢になる。

「そうか。それならこれからも親しく話し掛けんな」

さすがにむっとした。

「小春さん、先輩の彼女か何かですか」

「……そうなる予定なんだよ」

馬鹿馬鹿しいと思った。普段なら、脳みそまで筋肉で出来ているような手合いに逆らっても仕方がないと聞き流しただろうが、今日に限って虫の居所が悪かった。

「じゃあ、別に先輩の所有物でも何でもないじゃないですか」

「何だと」

言うが早いか高峰は安田の胸倉を摑み、そのまま片手で吊《つ》り上げた。体格に見合った力だが、それでも驚くには充分だった。

同じ人間なのに、何を食べてどんな運動をすればこんなゴリアテのような体格になるのか。安田は両足で虚空を蹴りながら不思議に思う。

「俺が誰だか知ってるか」

「ラグビー部の、高峰仁誠」

「知っていて、その口の利き方か」

居丈高に言われれば言われるほど逆らいたくなる。これだけ体格差のある相手に逆らうのはもはや自殺衝動に近いが、もはや自制心も恐怖心も彼方に消えかけていた。

「殴りたきゃ殴れ」

自分の声とは思えなかった。

「講義をフケる理由ができる」

高峰はまじまじとこちらを見る。

「名前は」

「名乗る必要があるのかよ」

「お前は俺の名前を知ってるだろ」

「安田啓輔」

名乗った途端、吊り上げていた手が乱暴に下ろされた。安田は受け身を取る間もなく、地べたに放り出される。

「お前を殴ったところで俺が得をする訳じゃない」

少なくとも脳みそまで筋肉で出来ている訳ではないらしい。そう言えば、こう見えても相手は法学部の学生だったと遅ればせながら思い出した。

「その代わり、小春と親しくするな」

「何だよ、その小学生みたいな脅し文句は」

頭の隅でもう一人の自分がこれ以上挑発するなと警告するが、どうした具合か今日は抑えようがない。

「襲うなり何なりして、さっさと自分の物にしちまえばいいじゃないか」

「そんな真似ができるか」

すると高峰は心外だという顔をした。

「ヤクザじゃあるまいし、見損なうな」

意外に潔癖なのだと少し感心する。

「とにかく警告はしたからな。忘れるなよ」

それも子供じみた脅し文句だが、もう寸評するのも面倒だった。

言うだけ言ってしまうと、高峰は元来た道を引き返していった。

去っていく後ろ姿もやはりゴリアテだ。そしてあの巨漢に脅されながら一歩も退《ひ》かなかった事実が嘘のように思えてきた。

脅されただけで店から遠ざかるのは癪《しゃく》だったし、何より小春の姿を見られなくなるのが嫌だった。

翌日の夕方、〈一膳〉に寄ると、やはり奥のテーブルに高峰が陣取っていた。こうなると相性がいいのか悪いのか分からない。

「いらっしゃいませ」

注文を取りにきた小春を見る。

「いつもの」

「はい。鯖の煮付定食ですね」

「嬉しいな。いつもの、を憶えてくれてたんだ」

「そりゃあ、毎日来てくれれば憶えますよ」

客商売だから、とまで言わないところが嬉しい。

「名前、教えて」

小春は思いついたように振り返る。

「常連さんなんだから、名前も憶えとかんとね」

「安田。安田啓輔です」

了解、と答えて小春は厨房へと消えていく。痛いほどの視線を感じる。おそらく奥のテーブルから高峰が睨んでいるに相違ない。

それでも小春に興味を持ってもらえたのが嬉しくて、未成年だったがビールの小瓶を追加した。ささやかな祝杯のつもりだったが、もちろん小春は知る由《よし》もないだろう。

食事を終え、店を出て数分。

「おい」

聞き覚えのある声に振り向くと、案の定、高峰が仁王立ちしていた。

「お前、記憶力よくないだろ」

口調は穏やかでも顔は凶暴だった。

「あんたと同じ大学に入ったんだから、記憶力はあんた並みだ」

不思議なもので、一度相手をすると恐怖心が薄れる。アルコールが入っているのも手伝って、ゴリアテ相手に多少怪我《けが》をしても構わない気分だった。

「口が減らないヤツだな」

高峰は半ば呆れたように近づいてくる。ずんずんという足音が聞こえてきそうだった。

「最近の一回生は、みんなこんなに生意気なのか」

「最近の四回生は、みんなこんなに偉そうなのか」

まるで挨拶するかのように胸倉を摑まれた。摑まれた側の安田も慣れてしまい、さほど恐怖は感じなくなっている。

「今日は名前まで売り込みやがって」

「訊いてきたのは向こうからだ」

「ああ言えばこう言うか」

「悪いね。法学部のお株を奪って」

くそ、と悪態を吐いて安田の身体を投げ捨てる。今度は何とか受け身を取ることができた。

高峰は何を思ったのか、安田の正面に腰を下ろす。

「ビールの小瓶程度で酩酊か。下戸なんだな」

「余計なお世話だ」

「定食だけじゃ腹に限界があるぜ。長《なが》っ尻《ちり》したけりゃ酒で場を繫ぐしかない」

「未成年なんだ。そんなに呑めるか」

「色々と無理してるな」

同情とも嘲笑ともつかない響きだった。〈一膳〉に通うため経済的に無理をしているのは事実だが、何もこちらの懐具合を教えてやる謂れはない。

「言っとくが、俺はそこそこ懐が暖かいし、酒も底なしだから、〈一膳〉には閉店までいられる」

「じゃあ閉店までいればいい」

「そうはいくか。お前みたいな不届き者を監視しなきゃならない」

「足腰立たなくなるまでぶちのめせばいいだろ」

京阪大のラグビー部は全国大学ラグビーフットボール選手権大会で常に上位に位置する強豪校だ。そのラグビー部でスタンドオフを務めるくらいだから大学側の覚えもめでたいに違いない。加えて四回生なら学内のカーストでは天と地ほどの差がある。その差異を思うと、自殺衝動に拍車が掛かる。

「先輩だったら、ほんの一撃で済むはずだ」

「変なヤツだな。今まで殴らないでくれってのは多かったが、殴れと言ったのはお前だけだ」

「アマレスの選手とタイマン張ったり、ミナミでヤクザ連中と大立ち回り演じたりしたんじゃないんですか」

「お前、そんな与太を信じているのか」

高峰は目の前の虫を追い払うように片手を振る。

「アマレスの選手とはゲーセンで知り合って腕相撲しただけだし、ミナミのヤクザに至ってはデマもいいところだ」

「どうして。そのガタイと体力ならヤクザの一人や二人、病院送りにしてもおかしくない」

「しれっと、とんでもないこと言いやがる。あのな、俺が法学部だってのを知らないのか」

「知ってるよ。あんた有名人だから」

「将来、ラグビー選手になるつもりはない。俺が目指しているのは検察官だ」

思わず高峰を凝視した。

確かに法学部の学生だから法曹界を目指すのは変でも何でもない。だが高峰の体格から、すぐには検察官を連想できなかった。

「お前、今、俺のことをすげえほら吹きみたいな目で見ただろ」

「いや、その」

「他人からどう思われようと俺は本気だ。将来、検察官を目指しているようなヤツが平気で暴力沙汰を起こす訳ないだろ。警察だって検察だって採用試験の時には前科があるかどうかチェックするんだ。未来の検察官が、そんな迂闊な真似できるか」

高峰をまじまじと眺めたが、冗談を言っているようには見えなかった。

「また変な目で見ていやがる」

「ごめん。悪かった」

気に食わない男だが、偏見を抱いていたのは謝るべきだ。

「その体格で先入観があった」

「分かりゃあいい」

「でも、僕はあんたに脅された」

「胸倉摑んだだけじゃないか。現に怪我一つ負ってないだろ」

どうやら怪我をさせなければ恐喝や威迫にはならないと考えているらしい。こういう人間が司法試験を目指すのは正しいのかどうか、よく分からない。

「じゃあ小春ちゃんに言い寄ってきた男には言葉で脅すだけなんですか」

「言葉に気をつけろ。脅すんじゃない。警告してやってるんだ」

「力ずくが嫌なら、さっさと告《こく》ればいい。自分の物にしちまえば何の問題もないでしょうが」

すると高峰は気まずそうに視線を逸らせた。

「うっるせーな。放《ほ》っとけ、アホ」

「まさか小春ちゃんを口説いたこともないんですか」

「うるせえって言ってんだろっ」

吐き捨てるように言うと高峰は勢いよく立ち上がり、そのまま引き返していった。

後に残された安田は、しばらくしてから自分と高峰がひどく間抜けに思えて仕方がなかった。

何だ、今のやり取りは。

まるで中学生じゃないか。

ズボンについた埃を払いながら、安田は口の中で愚痴を垂れる。まさか大学に入ってから、三角関係に巻き込まれるとは想像もしていなかった。いや、これは三角関係などという洒落たものではない。それ以前の、グループ交際の範囲を出ない別の何かだ。

ただし高峰の性格の一端が知れたのは成果だった。強面だが心はガラスより脆いかもしれず、観察するにはうってつけの対象だった。

高峰との距離感が把握できたのも手伝い、安田の〈一膳〉通いは一日も欠かさず続いた。相変わらず小春とは店員と客の関係を超えることはなかったが、安田はそれで満足だった。

一方、高峰とは別に気がかりな人物も発見した。安田たちと同様に〈一膳〉の常連客なのだが、今までは高峰に気を取られていたので存在に気づかなかったのだ。気づかなかった理由はもう一つある。滅多に声を上げず、目立つ素振りも見せなかったからだ。

やはり京阪大の学生らしいが、虎の刺繍《ししゅう》をあしらった白のトレーナーという出《い》で立ちでとても同世代とは思えない。この近辺でその手の恰好をしているのは大抵ヤクザ者と相場が決まっているが、男の場合は着ているものが派手なだけで因縁をつける訳でも声を荒らげる訳でもないので余計に得体が知れなかった。

ただ小春を見る目は明らかに異様だった。冷たく、何を考えているか分からない爬虫類《はちゆうるい》の目をしていた。その目が店内で立ち働く小春の姿をずっと追っているのだ。

傍で見ている安田が気づくのだから、小春本人が気づかぬはずもない。件の男が店を出ていってから、意を決して尋ねてみた。

「あのさ。店にいる間中、小春ちゃんを見ている人がいてさ」

「ああ、知ってるよ。白トレーナーで、あんまり目つきのよおない人でしょ」

小春はいつもの笑顔でやり過ごそうとするが、わずかに目尻がきつくなったのを安田は見逃さなかった。

「あれ、応援団の田久保《たくぼ》って人。安田さんと同じ常連さんやし仲ようしてや」

「名前、知ってるんだ」

「そりゃあ、自己紹介されたし」

応援団の人間というだけで、安田の頭には嫌な印象が湧いた。

同じ大学の悪口は言いたくないが、京阪大の応援団はすこぶる評判が悪い。大学近辺での狼藉《ろうぜき》ぶりはもちろん他大学とのいざこざもしょっちゅうで、卒業後の就職先は地元のヤクザという話が定着している。事実、某広域指定暴力団の関西支部は京阪大ＯＢで占められているらしい。言い換えれば、京阪大応援団というのは暴力団の準構成員という立ち位置なのだ。

「ヤバくないのかな、その田久保って人」

「まあ、お客さんやし」

そろそろ小春の性格も分かってきている。彼女が語尾を濁すのは、本人が話題にされるのを嫌っている時だった。

一抹の不安は感じたものの、店でおとなしく飲み食いしている分には安田と同じ客だ。店内で小春に絡まない限り、こちらの出る幕はないと判断した。

大間違いだった。


金曜日の夕方、鯖の煮付定食を食べ終えて勘定を済ませようとした時だった。

「安田さん。ひょっとして美味《おい》しい店とか知らん？」

小春が声を一段落として話し掛けてきた。

「ここのメニューが美味しい」

「違うて。〈一膳〉みたいな定食屋やのうて、おっ洒落ーで、わたしが一人で入って違和感がないとこ」

両手を握り締めて訴える小春を前にして、安田は柄にもなく情報通を演じた。

「ちょっと時間くれたら探せると思う」

「ホンマに？　そしたら日曜日空けとくから」

彼女が傍を離れた瞬間、鼓動が速くなった。

日曜日空けておくと言ったよな。

これってデートの誘いだよな。

安田は取るものも取りあえず、片っ端から寮仲間に岸和田近辺の「おっ洒落ーで女の子一人でも入れる」店を尋ね回った。しかし寮住まいの貧乏学生が小春の好みそうな店を知っているはずもなく、安田は貧弱なネットワークを駆使してようやく二軒ほど候補を絞り込んだ。

「安田がお洒落な店とか、早めのハルマゲドンかよ」

「似っ合わねえなあ」

寮生の野次さえ心地よかったのは、やはり浮かれていたからだろう。

日曜日の正午近く、一張羅《いっちょうら》に身を包んだ安田は西之内町《にしのうちちょう》にオープンしたばかりのグルメカフェなる店に小春を連れてきた。総ガラスのドアを開けると、ケースの中には色とりどりのデザートが並び、落ち着いた間接照明と飾り過ぎない壁が目に優しい。なるほど「おっ洒落ー」で小春が一人で来ても違和感のない店だが、安田にしてみれば王宮に迷い込んだ貧乏人のような気分だった。

「何でも頼んでいいよ」

メニューを渡して恰好つけたつもりだが、当の小春に軽く睨まれた。

「何言うてんの。割り勘や割り勘」

「いや、こういう時は大抵男が出すもんだろう」

「そういう考え方、嫌いやねん。その代わりな、いつもは絶対に頼めへんもの頼も。あ、わたし、このシチューホットパイププレートランチデラックス」

注文してから小春と向かい合わせになった。いざ顔を合わせると話題を探すのに苦労する。何しろ二人に共通するものが少な過ぎるのだ。それで目下一番気になることを尋ねてみた。

「それにしても、どうしてお洒落な店に行きたいなんて」

「今日くらいはハレの日にしよ思て」

「ハレって何だよ」

「このところケの日が続いてさ。くさっててもしゃーないし、こんな時は思いきり気分を変えて美味しいモンを食べるのが一番」

普段から快活な小春しか見ていなかったので、本人の口から景気の悪い話を聞かされるのは意外だった。

「そんな風には見えないけど」

「客商売やもん。不機嫌な顔なんか見せへんよ」

「何があった」

「それを忘れるために、こういう店に来たんやから。今更思い出させんといて」

小春はそっぽを向いてしまった。これ以上追及すれば藪蛇になることくらいは安田にも分かる。気まずい思いを隠しながらも彼女に付き合うしかない。

シチューホットパイププレートランチデラックスは名前と同様、色んなものがひと皿の上に盛り付けられたボリュームいっぱいのメニューだった。どう見ても女性の胃袋に入りそうな代物には思えなかったが、小春は怯《ひる》むどころか目の色を変えて飛びついた。

「これこれ、こういうの食べたかってん」

安田の目の前で、小春は健啖《けんたん》ぶりを発揮する。想像以上の食いっぷりのよさに、安田は自分が食べるのも忘れてしばし見入ってしまう。

だが、食いっぷりがよければよいほど、小春の抱えている苛立ちが見え隠れする。こんな時、本当に付き合っている仲なら遠慮なく尋ねるのだろうと安田は凹《へこ》むが、それでも同じ時間と場所を共有しているのが嬉しかった。


小春の抱える苛立ちの正体が知れたのは、デートからしばらく経った頃だった。

〈一膳〉は半径一キロの範囲で出前も受けていた。その日は小春の姿が見えず、店にいない時には大抵出前に出ているはずなのであまり気にも留めなかった。

だが彼女の代わりに注文を取りにきた店主の話を聞いて態度を変えた。

「小春ちゃん、出前に行ったきりまだ戻って来いひん。どっかで油売るような子と違うんやけどな」

虫の知らせというのだろうか、たちまち頭の中で警報が鳴り響いた。

「ちょっと探してきます」

そう言い残して店を飛び出した。

外は既に夜の帳《とばり》が下りていた。〈一膳〉の周辺は街灯が少なく、駅前よりもずっと闇が深い。

安田の不安が加速する。杞憂《きゆう》で済めばいいが、そうでなければ自分は一生後悔する局面に立っているのではないか。

不安とともに小春を探す足も加速していく。

店が出前に使うバイクは色も型も憶えている。道端や建物の陰に置いてないかと目を凝らすが、それらしきものは見当たらない。

やがて安田の足は病院跡に辿り着いた。数年前に廃業した病院で、建物はすっかり廃墟と化している。

通り過ぎようとした時、生い茂った雑草の中に見慣れたバイクが横倒しになっていた。近くに寄ってみると、まさしく〈一膳〉のバイクだった。

その時、くぐもった声が耳に届いた。

「やめてっ」

聞き間違えるはずもない小春の声だった。

「小春ちゃんっ」

「助けて」

声は建物の裏から聞こえてくる。膝まで伸びた雑草を薙ぎ倒しながら安田はひた走る。ススキの葉先で露出した肌が切れるのも構ってはいられない。

裏手に出ると夜目にも二つの人影が揉み合っているのが見えた。一人は小春、もう一人は白いトレーナーを着ていた。小春はトレーナー姿の人物に組み伏せられている。

「小春ちゃんっ」

声を掛けるとトレーナーの人影がこちらに振り向いた。

田久保だった。

「何してるんだ」

「お前には関係ないだろ。去《い》ねや」

相手は半分ヤクザ者で見るからに喧嘩《けんか》慣れしている。

それでもブレーキが掛かったのは一瞬だけだった。闇に沈む小春の怯える顔を見た途端、裡《うち》に眠っていた獣が目を覚ました。

「うわああああああ」

何事か叫びながら田久保に向かって突進する。田久保はぎょっとしたもののすぐに対応し、さっと身体を横に躱《かわ》した。目標を失って安田は前方につんのめる。

体勢を崩したところで田久保の蹴りが待っていた。やはり喧嘩慣れしているのか、田久保の膝が正確に安田の鳩尾《みぞおち》を捉えた。

鈍い衝撃とともに息ができなくなり、安田は腰から崩れていった。

「カッコつけんなよ」

田久保の追撃は容赦なかった。動きを止めた安田の腹、顔、腰に執拗な蹴りを入れてくる。最初は激痛を感じていた安田も、意識が朦朧《もうろう》とするにつれて痛覚が麻痺《まひ》してきた。

「やめて、その人は関係ないっ」

「お前も黙っとれ」

薄れゆく意識の中で、再び小春の叫びを聞く。不思議なもので彼女の声が届くと、潰《つい》えたはずの力が甦《よみがえ》ってくる。

「彼女に、手を、出すな」

返答は無言の鉄拳だった。

頼むから、この隙に逃げてくれ——祈りが通じたのか、小春がその場から駆け出す。そのまま逃げてくれると思ったのも束の間、彼女は虚空に向けて力いっぱい声を上げた。

「火事やあっ、火事やあっ」

効果覿面《てきめん》、今まで消えていた民家の窓にぽつぽつと明かりが点《つ》き始めた。

改めて彼女の機転に感心する。ただ助けを呼ぶだけでは他人は注目してくれない。己が関わることで生じる厄介を警戒するからだ。

だが火事は別だ。火の手がこちらに及ぶ可能性があるから、まず現場に駆けつけようとする。

「火事、どこや」

「病院裏かあっ」

野次馬らしき声が聞こえてくると旗色が変わった。田久保は形勢不利とみたのか、一目散に駆け出した。

何とか窮地を脱したか——安堵すると同時に、今まで麻痺していた感覚が戻ってきた。蹴られた部位が激しく痛み出し、安田は立つことすらできない。

「ごめんなさいっ」

頭の後ろに柔らかな弾力を感じた。小春に抱き起こされているらしい。

「わたしのために」

気にするなと言いたかったが声にならなかった。

「今すぐ救急車、呼ぶ」

大袈裟だと思ったが制止の言葉も出ない。そうこうするうちにようやく唇が動かせるようになった。

「誰も、呼ぶな」

「だって」

「小春ちゃんが、襲われたのが、知られる」

小春の唇が真一文字に結ばれる。結局、警察や救急隊の世話になるまでもなく、安田は〈一膳〉の奥で小春の介抱を受ける羽目になった。安田には却って有難かった。

「取りあえず応急処置だけしとくけど、すぐ病院に行ってや」

小春は怒ったように言う。もちろん怒りは安田に向けられたものではなく、田久保か、ひょっとすると彼女自身に対してのものだろう。

アドレナリンが分泌されている最中は感知しなかった痛みが総動員で襲い掛かる。悲鳴を上げたいところだが、小春の手前、歯を食いしばって耐えるしかない。

小一時間後、ようやく人心地がついてきた。激痛は疼痛《とうつう》に変わったが、動けないほどではない。

安田は自身に鞭《むち》を打って上半身を起こす。

「この間、少し、いらついてた。あれと、関係、あるのかい」

問われた小春はしばらく黙っていたが、やがて俯いたまま口を開く。

「……ずっとつきまとわれてて……俺の女になれとかどうとか」

「最初に、突っぱねれば、いいのに」

「脅されて、強く言われへんかった」

「脅されて?」

再び沈黙が続いた後、小春は意を決したように面を上げた。

「わたし、在日なの。在日朝鮮人の三世」

今まで縁のない言葉だったが、事情は呑み込めた。

「安田さん、そういうの気にする?」

「しない」

「中には気にする人がおんねん。わたし自身は在日や知られても別に構《か》めへんけど、それで〈一膳〉のお客さんが少のうなるのは嫌や。ここの大将には世話になってるしね。でもあの男、言うこと聞かんかったらバラすぞとか喚《わめ》いて」

小春の苛立っていた理由が腑に落ちた。

「ムチャクチャ腹立ってん。そんな理由であいつの言いなりになるなんて死んでも嫌や。あのね安田さん。気ィ悪うせんと聞いてくれる?」

「小春ちゃんが不愉快に思う話なら、気を悪くするかもな」

「ウチがそういう家やからさ、親の代はよく差別されてたんよ。だから生まれた国とか親の国籍で上に見たり下に見たりする人間、大っ嫌いやねん。そんなヤツらに頭下げんのも強制されるんも嫌やねん。田久保みたいな人間に無理やりされるくらいなら、相手殺した上で自分が死んでもええと思うてる。身体にも傷は残るやろうけど、心についた傷は一生消えんもん」

安田はようやく小春の抱えているものが理解できた。

「さっきの出前、あいつの罠《わな》やった。バイク運転しているところを横から突き倒されて、病院裏に引き摺《ず》られて……もしあのまま襲われてたら舌噛んで死んでやるつもりやった。そこに安田さんが来てくれて、ああ地獄で仏やって嬉しかった」

小春は包帯を巻かれた部位を見ると、面目なさそうにまた頭を垂れた。

「ごめんなさい、安田さん。ホンマにごめん。わたしのためにこんな怪我させて」

「小春ちゃんが謝ることじゃない」

口の中が切れて鉄の味が広がっていたが、安田は努めて平静を装う。

「謝るのは田久保の方だ。そんなヤツが自分と同じ国の人間だと思うと、吐き気がする」

「安田さんは田久保と違うよ」

小春は熱っぽい目でこちらを正視する。

「そんなに傷だらけになってまで他人を助けようなんて人が、あいつと同類の訳ないよ」

小春は安田の手に自分の手を重ねてきた。

指がおそろしく華奢《きやしや》で、ひやりとした手だった。


「名誉の負傷だそうだな」

翌日、〈一膳〉で顔を合わせた高峰は開口一番そう囃し立てた。

「しっかし、そんななりでめし屋に来るかね、普通。どう見たって定食より病院食がお似合いだろう。今松葉杖《まつばづえ》突かせたら、お前日本一だぞ」

高峰の言い分にも一理ある。何しろ安田のなりといえば、肌が露出している部分はほとんど包帯で覆われ、顔の半分も絆創膏《ばんそうこう》で隠されている。

「駆け込んだ先の医者が大袈裟だった」

「何故、俺を呼ばなかった。田久保が相手なら、あっちを病院送りにしてやるのに」

「あんた、あの時に限っていなかったじゃないか」

高峰の話ではラグビー部の練習が延び、〈一膳〉に立ち寄るのが遅くなったらしい。来てみれば小春も安田も姿が消えていたので、慌てて外に飛び出したそうだ。

「お前がもう少し持ち堪《こた》えてくれてたら、俺が間に合っていた。許せん。全部お前のせいだ」

「検察官志望としては暴力ご法度《はっと》じゃなかったのか」

「他人を救出するための抑止力なら問題ない。そもそも田久保みたいなクソ野郎に法律を適用させる意味はない。ふん、折角応援団の部室に行ってみたが、ヤツは顔を出していなかった」

「殴り込みか」

「アホ、言葉に気をつけろ。表敬訪問しただけだ。もっとも対応した副団長も渋い顔していたけどな」

「渋い顔。何度も同じようなことがあったみたいだな」

「ああ、田久保は札付きでな。以前、学内でも姦《や》られた子がいるらしい。親告罪だから大っぴらにはなっていないが、下手すりゃ刑事事件だから応援団内部でも手を焼いているらしい」

だから、と高峰は言葉を継《つ》いだ。

「仮に田久保が人の恨みで闇討ちに遭ったとしても、団は一切関与しない方針だそうだ。つまり所属先からも許可が下りた訳だから、これでヤツを簀巻《すま》きにしようが八つ裂きにしようが天下御免だ」

「無茶な理屈だ」

「無茶はお前だ。自分の非力さも考えず、あいつに向かっていったのか」

「非力だったら、指を咥えて見ていろっていうのか」

「まあ、無理だろな。お前は口より先に手が出るタイプだ」

「あんたにだけは言われたくない」

「お前のことなんかどうでもいいが」

高峰は店の中を用心深く見回す。

「小春ちゃんは大丈夫なんだろうな。襲われたショックでどうにかなってないだろうな」

「さすがに今日は休んでいる。でも明日には出てくるらしい」

「強《つえ》エなあ。ますます惚《ほ》れた」

「田久保みたいな男に屈するくらいだったら、自分で死んでやるって」

それを聞いた瞬間、高峰は表情を引き締めた。

「田久保は男としてもそうだが、人間としても最低の野郎だった。その辺の詳しい話、小春ちゃんから聞いているか」

「昨夜、聞いた」

「苦労しているんだ、あそこの家族」

「小春ちゃんの家族、知っているのか」

「偶然な。母親と妹の三人家族で、母親と小春ちゃんが働いて生計を立てている」

「詳しいな」

「詳しくなったんだよ」

高峰は思い出すのも億劫だという顔をする。

「今年四月だ。駅前でちょっとしたいざこざを見掛けた。女子中学生数人がチマチョゴリ姿の子を取り囲んで挑発していた」

「……嫌な光景だな」

「ああ、嫌な光景だった。あんまり嫌な光景だったんで、取って置きの笑顔で輪の中に割り込んだら、蜘蛛《くも》の子を散らすように逃げていった」

目を閉じればすぐに浮かんできそうな場面だ。

「下校途中でよ。ついでだから家まで送っていったら小春ちゃんが出てきた。彼女の妹だったんだ」

「イジメは常態化していたのかな」

「つるんでいた女子中学生の口ぶりではそんな感じだった。姉妹とも慣れっこだから心配してくれなくていいって言われた。でもなあ、彼女たちを護ってやれるのは母親しかいないんだ」

安田は正面から高峰を見据えた。

「小春ちゃんに惚れてると言ったよね」

「言った」

「将来は検察官を目指すとも言ったよね」

「言った」

「検察官に採用する際は本人の賞罰は当然、家族や近しい人間の素性も調べるらしいじゃないか。それでもあんたは小春ちゃんと付き合うつもりなのか」

「検察の採用担当が何を合否基準にしているか知らないが」

　高峰は咳払いを一つして、何故か居住まいを正す。

「肌の色や旗の模様で付き合う相手を選ぶようなクソ野郎にはなりたくない」

　やっと意見が一致したか。

「それなら頼みがある。高峰先輩」

「急に先輩呼ばわりかよ」

「小春ちゃんの護衛を手伝ってくれないかな。田久保があれで諦めてくれればいいけど、どうも不安だ。僕が護ってやりたいけど、このざまじゃ戦力的に不利だ」

「不利も何も戦力外だ」

　言うなり、包帯に覆われた腕を摑んできた。

「痛《い》たたたた」

「ちょいと触った程度でそれだ。しばらくおとなしくしていろ。と言うか、俺の恋が成就するまでおとなしくしていろ。色々な意味でお前は邪魔者だ」

　むくつけき男の口から恋などという言葉が出たので思わず笑いそうになったが、腹の辺りが痛くて上手くいかない。

「今、笑おうとしただろ。もし笑ったら包帯の数を増やしてやる」

高峰は凄《すご》んで見せたが、今はさっぱり脅威を感じなかった。

「だけど身を挺《てい》して小春ちゃんを護ってくれたことは感謝する。有難う」

4

八月、大学は長い夏休みに入っていたが、〈一膳〉は寮生の利用を見込んで通常通り営業していた。

相変わらず安田の夕食は〈一膳〉で済ませていたが、少しばかりの変化もあった。高峰とは同じテーブルを囲むようになり、奥のテーブルは安田の指定席にもなったのだ。互いに憎まれ口を叩くのは以前通りだが、酒の肴《さかな》くらいにしか思えなくなっていた。

「だから、どうしてあんたたち法学部の人間は何でもかんでも白黒はっきりさせようとするんだよ。世の中には不鮮明な方がいいって実例が山ほど」

「うっせーよ、経済学部。日本は、その旗色不鮮明で各国から顰蹙《ひんしゅく》買ってんだぞ」

青臭い議論で盛り上がっていると、小春がカメラを抱えて割り込んできた。

「いつの間にか仲良くなったねー、お二人さん」

「仲良くなんてないっ」

「いくら小春ちゃんの発言でも、今のは撤回を要求する」

「はいはい。後でいくらでも撤回してあげるから、取りあえずチーズ」

二人のスナップショットが飾られたのは、それから間もなくのことだった。我ながら屈託のない顔が撮れていたので、安田は剝がそうと思わなかった。

依然として気になるのは田久保の動向だった。同じ常連客の安田に怪我を負わせたのが仇《あだ》となり、さすがに〈一膳〉で姿を見掛けることはなくなったが、安田にはあの爬虫類を思わせる目が気になって仕方なかった。

一度や二度の邪魔が入ったくらいで簡単には諦めない――そういう執拗さを漂わせる目だった。


盆が近づくと帰省する学生が多くなるので、〈寺井寮〉生御用達の〈一膳〉も客が極端に目減りする。夕方前のこの時間、店にいるのは安田と高峰の二人だけというありさまだった。

「安田。俺はこの歳になって、初めて閑古鳥の啼き声を聞いたぞ」

「どんな啼き声だよ」

「ガラガラガラ」

「そりゃあ蛇だろう」

二人で低く笑っていると、店主の古田《ふるた》が不機嫌そうな顔を覗かせた。

「あんたたち、いっくら常連でもそんな冗談言わんといてくれ。縁起が悪いわ」

「だけど大将、縁起が悪いって言っても、客は僕たちだけだよ」

「夜の開店時間は午後五時からや。それより先にテーブル占拠しといて何が閑古鳥や。もうすぐ他の常連も来よるわ」

安田が高峰とともに早めの来店を決めているのには理由がある。言うまでもなく小春の護衛だ。まさか田久保が狙っているという理由で店を休ませる訳にもいかない。それならということで、彼女が出前で外出する際は二人のうちどちらかが護衛として同行するようにしたのだ。

「子供のお使いやあるまいし」

小春からは至って不評を買ったが、男手が加われば一回に出前できる量が倍になるので店主には好評だった。

そうした経緯があり、夏休み期間中は二人とも小春よりも早く店で待機するようになったのだ。

「その後、田久保はどうしてる」

「分からん」

問われた高峰は突き出しの枝豆を摘みながら首を振る。

「俺が表敬訪問したのが伝わったらしく、昼日中は部室にも近寄らなくなったらしい」

「敬遠されてるなら願ったり叶ったりじゃないか」

「いや。常に視界の中に捉えていないと、俺は不安で仕方がない」

「高峰さんの睨みが効いている証拠じゃないか」

「敵の気配がないと却って不気味なんだよ。相手エリアに向かって突進していると、時々そんな不安に駆られることがある。こんな風にノーマークで走っていると、いきなり死角からタックルかまされるような予感……って、お前はラグビーやらねえもんな」

「いや、その不気味な感じというのは何となく理解できる。最初に見た時から田久保は油断がならないと思ってたから」

「その件で副団長から嫌な話を聞いた」

高峰は嫌な話をする時は、本当に嫌そうな顔をする。こんな馬鹿正直な男に未来の検察官が務まるのかと不安を覚える。

「京阪大の応援団がヤクザの準構成員だって噂は聞いてるよな」

「うん。だから余計に田久保を警戒している」

「その噂、半分真実で半分間違いだ。団員が揃いも揃ってヤクザになる訳じゃない。卒業や就職に失敗したヤツらの受け皿として、ヤクザへの就職口が用意されているというのが実態だ。このドロップアウト組の中には、卒業シーズンを待たずしてヤクザにリクルートされるヤツもいる」

「田久保みたいなヤツか」

「応援団だって不名誉な噂が広がったら部員の確保に困るからな。なるべく学内でガス抜きをして無難に就職してほしい。上意下達が徹底されていて躾《しつけ》もできている。一般企業に潜り込んでも、そこそこ優秀な社員になれる人材だから、みすみす暴力団なんかに取られたくない。ところがな、田久保みたいにしょっちゅう問題を起こした挙句、部室にも顔を出さなくなるヤツは、ヤクザの事務所に顔を出すようになるらしい」

「じゃあ田久保は」

「今度会う時は、柄のよくない連中と一緒にいる可能性が高い」

束の間、高峰と顔を見合わせる。田久保と一対一なら高峰に分があるが、多勢に無勢となれば話は別だ。しかも相手は暴力を生業としている手合いだ。

弥《いや》が上にも不安が増した時、店主がまた顔を覗かせた。

「どないしたんかな。小春ちゃん、まだ来いひん。家に電話したら、もうとっくに出た言うとるし」

二人とも反射的に壁の時計を見る。午後五時一分前。この時刻に現れないのは、どう考えてもおかしい。

示し合わせたように、二人は同時に席を立つ。

「店に来る途中に襲われたのなら、こっちの方角だ」

高峰は店から出て右側を向く。

「安田はどうする」

「相手が二人以上いる可能性を考慮すれば同じ方向に行くべきだろう。それに自宅からの途中という確率は高い」

二人は脱兎《だつと》のごとく駆け出した。小春の自宅があるという町まではほんの数キロ。練習で走り込んでいる高峰には屁《へ》でもない距離なのだろう。

しかし一キロを過ぎ、二キロを超えても小春の姿は発見できない。もう自宅までは半分以上走っている。

「田久保の側に立って考えてみよう」

高峰はいったん立ち止まって、安田と顔を見合わせる。

「彼女も足は遅くない。普通に歩けば半分以上は進んでいるはずだし、ここから先は商店街が近くにあって人通りも多い。およそ女を襲うには不向きな場所で、しかもまだ明るい」

「どこかに連れ込まれたってことか」

「ここに来る途中、女を連れ込むのに恰好の場所ってあったか」

安田は記憶を巡らせてみる。即座に浮かんだのは鏑木医院跡だ。

「でも、こんなに明るい時間だと裏手でも人目につく……あっ」

「どうした」

「建物の中なら誰にも見つからない。多分、声も洩れない」

「それだ」

二人は一目散に取って返す。さっきから走りづめなのに、不思議と息は上がっていない。

病院跡に辿り着き、ガラスドアの前に立つ。

錠は外側から潰されていた。

高峰が押すとドアは呆気なく開く。建物の中は薄暗く、オフィス家具や備品らしきものが転がっているが輪郭が摑めない。

その時、廊下の向こう側から男女の争う声が洩れ聞こえてきた。

紛《まご》うかたなき小春の声だった。

飛び出すと同時に高峰は言った。

「最初に言っておく。俺を止めるな」

「以下同文」

二人は薄暗い廊下を駆けていった。

五　露見許すまじ

1

鏑木医院跡で発見された二つの白骨死体は、直ちに大学病院の法医学教室に搬送された。死体発見と搬送に立ち会った美晴だったが、この事態を不破がどこまで想定していたかはまるで分からない。分かっているのは、これで国有地払い下げの問題も高峰の文書改竄の疑惑も全く別の局面を迎えるということだけだった。

美晴が奇妙に感じたのは二つの死体がそれぞれ別の場所に埋められていたことだった。フローリングを剝がすだけでも厄介な仕事なのに、床下深く掘り下げて死体を放り込み、また元に戻す。発掘を撮影していただけの美晴にもそれが大変な労力を費やすのは分かる。一カ所に二人の死体を埋めてしまえば省力化できるものを、何故わざわざ二カ所に分けたのか。

疑問をそのまま投げ掛けると、不破は何を今更という顔を向けてきた。

「二つの穴を掘る労力よりも優先する事情があったからだ」

「だから、その事情は何だったんですか」

問い質しても不破は答えようとしない。ついでなので疑問に感じた事柄を全てぶつけてみた。

「着衣も所持品もなし。おまけに完全に白骨化しているから死因の特定も不明。これは最初から犯人が目論んだ結果なんでしょうか。そもそも二つの死体はどんな関係があるんでしょうか」

「何度も言うが、まず自分で考えろ」

ひと言で封殺され、美晴は撃沈した。

不破たちは死体とともに法医学教室に同行する。てっきり法医学者の意見を聞くだけだと一人決めしていた美晴は鑑定に立ち会いたいという不破の申し出に驚愕した。

「あの、鑑定って、実際の執刀を見届けるんですか」

「立ち会いに他の意味があるのか。もちろん生理的に受け付けないのなら解剖室の外で待機していて構わない」

一瞬言葉に甘えようと思ったが、ここで退いたら以後も腰抜け扱いされると思った。それに鑑定と言っても完全な白骨死体だから血や腐乱した組織を見せられる訳ではない。

「いえ。ご一緒します」

死体は既に白骨化しているので感染の可能性は小さかったが、二人は解剖着に着替えて解剖室へと足を踏み入れる。

鑑定は法医学教室の宗石《むねいし》教授と補佐が二名。二台のステンレス製の解剖台に白骨死体が一体ずつ横たえられている。室内はひんやりとしており、補佐役の女性に尋ねると摂氏五度を保っているという。

「刑事さんはともかく、検事さんが鑑定の立ち会いとは珍しいですね」

宗石教授は不破たちの同席を面白がっているようだった。

「可能な限り、自分の目で確かめようと思っています」

「学術的な態度ですね。歓迎しますよ」

挨拶もそこそこに鑑定が始まる。相手が白骨死体なのでメスで切開する部分は極めて少なく、宗石教授は不破に説明するように仔細《しさい》を見ていく。

「現場では警察官が骨盤の形状から二体を男女のものと看破したそうですが、いい判断です。男性の骨盤は高さのあるハート形、女性は低い横楕円形《だえんけい》。個体差はありますが、性差による形状の違いは非常に顕著です」

確かに二体の骨盤を見比べると、宗石教授が指摘した通りの相違がある。

「また、女性は出産するので骨盤腔の幅が広く、男性は逆V字形に狭くなっています。二体がそれぞれ男女であるのは間違いありません。次に年齢ですが」

続いて宗石教授の指は頭蓋骨をなぞる。

「頭蓋の縫合によって年齢が推測できます。二体とも二十代と思われます。それぞれの死亡原因……さて、これが困った。二体ともあちこちの骨が折れたり欠損したりで、判別が困難ですね」

「身元は分かりますか」

「個人識別も難しい。二体とも歯を治療した痕《あと》もありません。白骨からでもＤＮＡ鑑定は可能ですが、その場合は親兄弟とかの比較する対象が必要ですね……おや」

男性の死体に触れていた宗石の指が止まる。

「この死体、右膝に骨折が治癒した痕跡がありますね」

指差した箇所がわずかに隆起していた。

「骨折が治癒するとこんな風になるのですが、この男性は生前に外科手術を行った可能性が非常に高い。もしカルテが残されていれば、個人識別ができます」


翌朝には死体発見のニュースが地検中に広まったらしく、不破と美晴が会議室に赴くと早速折伏たち調査チームの面々が待ち構えていた。

「大阪地検のエースの名に恥じない働きをしてくれるものだな。いや、全く予想外の成果だからエースというよりはジョーカーかな」

折伏は冗談めかして言うが、不破の表情は硬いままだ。

「国有地払い下げの候補だった別の物件に、二体の白骨死体が埋められていた。これは偶然だと思うかね」

「死体の身元が判明していない段階での判断は時期尚早です」

「被害者を特定させるための捜査は」

「鑑定を担当した宗石教授によると、二つの死体は二十年ほど前に白骨化しているとのことです。現在、岸和田市内で届け出のあった行方不明者をリストアップしています」

「二十年分だぞ。いったい何件あると」

「先ほど事務官に確認させると千人前後のようです」

不破は聞くだに思いやられる数字を平然と口にする。さすがに折伏も呆れたように不破を見返した。

「白骨からはＤＮＡが採取できるが、まさかその千人全員の関係者と照合させるつもりなのか」

「男性死体の方は外科手術をした痕跡があります。カルテが残存していれば個人の識別は比較的容易になります」

「しかし女性死体の方は何も手掛かりがないのだろう。二人の身元を特定するのに、いったいどれだけの手間暇がかかると思っている。それよりも死体の身元を高峰検事と安田調整官に直接訊いてみたらどうだ」

折伏は自信ありげに口元を綻ばす。

「寺井町の物件が荻山学園の建設予定地から外れたのは多分に安田調整官の意思が働いているのではないか。安田調整官が二つの白骨死体と何らかの関わりがあるのなら、死体発見を免れるために工作をした疑いが浮上する」

「可能性の一つではありますが、その場合安田調整官と二つの白骨死体との関わりはどうお考えですか」

「死体を隠したがるのは加害者に決まっているだろう」

至極当然だという口ぶりだった。高圧的な態度は鼻につくものの、折伏の言説には美晴も頷かざるを得ない。

学園の建設予定地に決まってしまえば、病院の廃墟が撤去されるだけではなく整地も行われる。基礎工事で跡地が掘り返されれば白骨死体はいとも簡単に発見される。殺人事件の犯人である安田が死体を発見されたくないばかりに、向山の物件を荻山理事長に押し付けたという解釈は万人を納得させられる動機だ。

だが根拠のない当て推量を嫌う不破は、ここでも予想通りの言説を口にした。

「いずれにしても死体の身元が判明してから聴取するべきです。二つの白骨死体が安田調整官や高峰検事と無関係である可能性は捨てきれません」

「今更ながらに不破検事はユニークな男だな。自分が掘り起こしてきた重要な証拠物件なのに、いささか熱量が低過ぎはしないか」

敢えて不破は答えなかったが、美晴には彼の裡なる呟きが聞こえるようだった。

捜査に熱量など必要ない、と。

「折伏さん」

二人のやり取りを見ていた岬がぼそりと呟く。

「不破検事の熱量の低さは今に始まったことじゃない。あなたの目には異質に映るだろうが、有罪率百パーセントを担保する態度でもある。その堅物は滅多なブツでは眉一つ動かさんし、それをネタに尋問もしない」

「それでは尋問は不破検事以外の人間にやらせましょう」

折伏が目配せをすると、當山と桃瀬が心得たという風に応える。何やら出来の悪い三文芝居を見せつけられているようで苛々《いらいら》する。吉本新喜劇《よしもとしんきげき》の方がよっぽど安心して見ていられる。

「不破検事は引き続き白骨死体の身元特定を急いでくれ。以上だ」

不破の進言を逆手に取り、一番簡単で一番成果に直結する仕事を分捕ったかたちだった。堪えきれないのか三人の表情はどこか得意げに見える。一方の不破が能面を貫いているので尚更対照的になる。

間に立った岬は気難しい顔で黙りこくっていた。

不破と美晴が会議室を出ると、少し遅れて岬が追いかけてきた。

「あれでよかったのか」

「何がですか」

「折伏検事たちは二つの白骨死体を突破口に、高峰と安田から自供を引き出す肚《はら》だ」

「そうですね。半ばそう宣言されていました」

「時期尚早というのは、わたしも同意見だ」

「だからこそ白骨死体の個人識別が急務です。身元を特定しないまま二人を追及しても、多分何も出ないでしょう」

「何故、そう言い切れる」

「高峰検事と安田調整官の結びつきは利害を超えたものです。おそらく二人は徹底して口裏を合わせているだけではなく、共通の秘密を死守しようとしています。調査チームの面々が尋問しても、のらりくらりで逃げられるのがオチです」

スナップ写真での二人を見ている美晴はさもありなんと思う。それほどの結びつきだから、ツーショットの写真を見るまでは不破も岬もすっかり騙《だま》されていたのだ。

「急務といっても対象者が多過ぎるのではないか」

「死体は重い」

いきなり不破は妙なことを口走る。ところが岬は当然のように受け止めた。

「ああ、確かに重いな。運搬するには道具も時間も必要だ。死体の処理は一番厄介で手間を食うから、大抵の犯人は嫌がる」

「ええ。可能なら、犯行現場にそのまま死体を隠してしまうのが一番効率的です」

「あの、すみません」

美晴はおずおずと二人の間に割り込んだ。

「お二人は何の話をされているのでしょうか」

「不破検事はな、男女二人を殺害した上で死体を運搬するのは大変だから、死体発見現場が即ち犯行現場である可能性が高いと言っているのだ。つまり被害者の二人は鏑木医院に土地鑑のある者か周辺住民に限られてくる」

理路整然としているが、それを不破流に説明させると連想ゲームになってしまうというのか。言葉少なも大概にしてくれと言いたくなる。

「二十年前の周辺住民について情報を集めるなら聴取対象も古くからの住人に限られてきます。確か次席は」

「分かっている」

言うが早いか、岬は携帯端末を取り出した。

「もしもし、〈一膳〉のマスターですか。先日はご迷惑をかけました。東京から来た岬です。実はまた伺いたいことができました。今からお邪魔しても……ああ、それは助かります。それでは後ほど」

通話を終えた岬はこれで満足かというような顔を向ける。

「恐れ入ります、次席」

「まだ何か言いたそうだな」

「ご同行いただければ幸甚《こうじん》です」

「最初からこちらもそのつもりだ」

〈一膳〉店舗裏にはスレート葺《ぶき》平屋建ての自宅があった。表札には〈古田〉とあり、これが店主の名前なのだろう。

インターフォンは旧式で、チャイムの音がひどく掠《かす》れていた。

「岬です」

『お待ちしてました。玄関は開いてますんで、どうぞ入ってきてください』

古田という店主は八十過ぎと思しき男で、三人を出迎えた時には寝間着の上に薄物を羽織っていた。

「こんななりで、えろうすんまへんな」

どうやら日頃から床に臥《ふ》せっているらしく、寝ぐせがそのままだった。

古田以外に人の気配が感じられない。郵便受けにも家族の名前はなかったので、おそらく一人暮らしなのだろう。

「三年前に腰を患《わずら》いましてな。いやー、肩とか腹ん中はともかく、腰いわすと人間はあきまへんな。ニクヅキに要ゆう字の通り、腰はいっちゃん大事ですわ」

つい美晴は尋ねてしまう。

「起きていて大丈夫なんですか」

「寝てばかりやと余計に悪化すると言われましてね。ところで皆さん、この老いぼれに何の用でっしゃろ」

　ここから聞き手は不破に代わる。

「大阪地検の不破と申します。〈一膳〉はずいぶん前から営業されていたのですか」

「店ェ開いたんは忘れもせん大阪万博の年ですわ。今から、もう五十年近く前の話ですなあ。あの頃は日本も大阪もイケイケで、ウチの店もえろう繁盛してました」

「京阪大の寮が近くにありましたね」

「そうそう、〈寺井寮〉ですわ。あそこの学生たちは常連が多うて、彼らだけで経営が成り立つくらいでした。せやから寮がなくなってもうてからは、なかなかお客さんが来《こ》んようになりました。結局、ウチは〈寺井寮〉と盛衰をともにしたようなもんですなあ」

「それだけ長く営業されていらっしゃったのなら、常連さんを含めてご近所のことも色々記憶されているのでしょうね」

「そらね、検事さん。人間ちゅうのは楽しかったことや景気のええ話はなかなか忘れんもんですよ。忘れんから辛い今を乗り越えられるようにできとる」

「二十年ほど前の記憶も鮮明ですか」

「二十年ほど前……さあて、その頃何がありましたか」

「大阪ドーム球場が完成して、長堀鶴見緑《ながほりつるみりょくち》地線が全線開業した時期ですよ」

やはり地元のトピックスは記憶を引き出すのに有効らしく、古田の表情は見る間に輝いてくる。

「大阪ドーム。ああ、大体思い出しましたわ。店が忙しゅうて忙しゅうて、店員一人では足らんくらいでした」

「では、常連さんの中で、この二人を憶えていますか」

不破が差し出したのは高峰と安田のツーショットだった。

写真を受け取った古田はしばらく二人が肩を組んだショットを眺めていたが、やがて思い出したように深く頷いた。

「いたいた、いましたわ、この迷コンビ」

「名前も憶えていますか」

「いや、名前まではちょっと。せやけど図体《ずうたい》でかいのとちんまいのが二人。学年は違《ちご》うてたみたいですけど、よう一緒にいましたな」

「ちょうどその時分になるかもしれませんが、店の近く、またはご近所で行方不明になった男女はいませんでしたか」

「行方不明者、ですか」

古田は記憶を巡らせるように天井を眺める。

「うーん。検事さん、大阪の人でっか」

「数年前に転勤してきました」

「岸和田ちゅうのは良うも悪うも地縁が濃いんよ。元々、地元に就職するヤツが多いし、ほれ、だんじり祭りあるでしょ。あれは他んとこに出ていった者でも祭りの日ィだけは帰って来よる。せやから行方不明者ゆうのは、大抵犯罪絡みやね。それまで通《とお》りでイキっとったヤー公がおらんようになるのは時々あったから」

「犯罪絡みで構いません。古田さんが憶えているケースを教えてください。その写真の二人に関係する話なら尚有難い」

「犯罪絡みの話が有難いって、そんな検事さん……」

続けようとしていた古田が不意に口を噤む。

「どうしましたか」

「検事さん……わたし、どうかしてましたわ。何で今の今まで小春ちゃんのこと忘れてたんやろ」

「誰か、それらしき人を思い出したようですね」

「思い出した思い出した。せや、小春ちゃん、ちょうどその頃、ウチで働いとった」

「従業員の方でしたか」

「うん。金森小春ゆう在日の女の子でね、よう気のつく、それでいて気風《きっぷ》のいい、ええ娘でした。ウチの看板娘で、小春ちゃん目当てにやって来るお客さんもいたからね」

「その小春さんが行方不明になったんですね」

「確か大学が夏休みに入っとったから八月頃やと思います。午後の部の仕込みが終わって、小春ちゃんが来るのを待っとったけど、いつまで経っても来よらへん。とうとうその日は姿を見せず、次の日になっても来ませんでした」

「当時、金森小春の年齢は」

「二十歳くらいやったと思います」

「捜索願は出したのですか」

「わたしやのうて、小春ちゃんの母親が出したはずです。せやけどあれ以来、小春ちゃんが帰ってきたとか聞いてません……ああ、せやったせやった。そう言うたら、小春ちゃんが家から出たきりというのを聞いて、このコンビが彼女を探しに出たんです」

「ではもう一つ。金森小春さん以外に男性の行方不明者について、何か記憶にありませんか」

「男。いや、いきなり姿を晦《くら》ますチンピラはいくらでもおったよ。戻ってきたかどうかは分からんけど」

「小春さんの住まいは、どちらかお分かりですよね」

「店から自転車で行ける距離だよ。隣の安宅《あたか》町ってところに住んでた。ただ、金森さん家《ち》は小春ちゃんとおっ母《か》さんと妹の三人暮らしで、今も二人が住んでるかどうか」

「それだけ聞ければ上等です。ご協力、感謝します」

不破は挨拶もそこそこに古田の家を出る。すると岬が切り出した。

「金森宅へ直行する前に一家の住まいを特定しておいた方がよくはないか。小春という娘が行方不明のままなら、母と妹の二人が未だ二十年前と同じ場所に住んでいる可能性は半々じゃないのか」

「ええ、まず岸和田署で金森小春の捜索願を確認するつもりです」

「だろうな。それならわたしは男性死体の身元を洗うとしよう」

他に当てでもあるのか、岬は踵を返して道路の向こう側へと消えていく。それでも不思議に不安めいたものは感じない。

「次席は不破検事に協力してくれようとしているんでしょうか」

「違う」

不破は言下に否定する。

「次席はあくまでも調査チームの目的のために動いている。折伏検事たちが二人に尋問して埒が明かなかった時、突破口の一つを用意しておくつもりだ」

「一つ。じゃあ、もう一つが金森小春の特定なんですね」

「二つペアでないと、切り札にはならない」

「それにしても職務に忠実な人ですね。調査チームがまともに機能しなくなった時点で、不破検事と二人三脚になっていいと思うんですけど」

「あの人はブレない。昔からだ」


果たして二十年も前の捜索願が残存しているかどうか疑わしかったが、幸い岸和田署は過去の書類を全てデータ化して保存してくれていた。

一九九七年の八月、対象者金森小春で検索するとすぐにヒットした。当時の住所は古田が証言した通り岸和田市安宅町。届け出たのは母親の金森塔子《とうこ》だが、小春本人が戻ったという記録はなく届け出も取り下げられていない。

市役所に問い合わせてみると、案の定金森母子《おやこ》は小春が失踪した数年後、大阪市内に転居している。しかも母親の塔子は既に死亡している。存命しているのは妹の実花《みか》だけだ。

どうしますかと確認したが、不破は眉一つ動かさない。

「妹が残っていればいい」

不破と美晴は直ちに当該地へと向かう。一家の転居先は大阪市大正《たいしょう》区、俗に〈リトル沖縄〉と称される界隈で、沖縄料理の店が林立している。店の中から洩れ聞こえてくるのも沖縄言葉が多い。

以前も事件の捜査で訪れたことがあるが、相変わらずの賑やかさだ。

金森宅はその一角にあるアパートの一室だった。表札もインターフォンもなく、ドアをノックすると部屋の中から返事があった。

「はい、今出ます」

半開きのドアから顔を覗かせたのは三十代に見える女だった。美晴が検察事務官証票を提示して身分を告げると、果たして彼女は小春の妹、実花だった。

「散らかってますけど」

招かれた部屋は確かに片づいているとは言い難い。それなりの収納スペースはあるのだろうが、雑誌や衣類が床に散らばっている。陰干しで室内に洗濯物が吊るしてあるのも悪印象だ。見れば干し物の中には男物も交じっている。どうやら一人暮らしではないらしい。

「金森小春さんの件で伺いました」

不破が用件を述べると、途端に実花は機嫌を悪くした。

「今更ですか」

言葉に、はっきり棘《とげ》がある。

「どうして今になって。二十年前に捜索願出した時には鼻も引っ掛けへんかったくせに」

当時の岸和田署の対応を言っているのだろう。彼らの肩を持つ訳ではないが、事件に巻き込まれているのが明らかでない限り行方不明者全員に捜査員が駆り出されるはずもない。

「お姉ちゃんが姿を消して、わたしとお母ちゃんがどんだけ心配したか。お姉ちゃんとお母ちゃんが一生懸命働いてくれたから、わたし学校に行けたんです。お姉ちゃんはお父ちゃんの役目も果たしてくれてた、大黒柱やった。お願いやから探してくれって訴えても、警察は本腰入れてくれんかった。それを何で今更」

「お気持ちは察しますが、二十年も経ってから岸和田署ではなく大阪地検の検事がお邪魔していることを汲《く》み取ってください」

そして岸和田署から持参した捜索願の写しを提示した。

「日付は一九九七年八月十一日。実際にはその前々日である九日の夕方、小春さんは自宅を出て、それから消息を絶った。そうでしたね」

「お姉ちゃんが働いていた定食屋のマスターから電話があって、まだ来てへんけどどないしたって。それでわたしもお母ちゃんと一緒に探してみたけど、結局その日は見つからなかった」

「届け出は翌々日になっていますね」

「ひょっこり帰ってくるんやないかってお母ちゃんが言うんです。それで一日待ってたんやけど、電話の一つもなかったから、次の日に警察へ行ったんです」

「小春さんが行方を晦ませるような原因に思い当たりましたか」

「それがないから、わたしもお母ちゃんも悩んだんです。遊び癖もなかったし、誰か決まった男がいてる訳でなし、家を出る理由なんて何もなかった。第一、家を出るなら出るで、絶対わたしたちに理由を教えてくれるはずです」

「全く音沙汰なしでしたか」

「全然。それでもお姉ちゃんが帰ってきた時に誰もおらんかったらアカンやろって、しばらくは岸和田の家に住んでたけど、わたしが高校卒業した年にお母ちゃんが死んでしもうて、それでわたしだけが引っ越ししたんです」

「こちらに越してからも連絡は途絶えたままですか」

「はい」

「小春さんからの連絡以外に何か変わったことはありませんでしたか」

「変わったこと……ああ、一つだけありました。お姉ちゃんが連絡を絶ってから、月に一度の割合で封書が届くようになったんです」

「どんな封書で、どこの消印が捺《お》してあったんですか」

「普通の茶封筒で、郵送やなくて毎回郵便受けに投げ込まれてたんです。差出人の名前はなくて」

「文面は」

「それが、手紙の代わりに別のものが入ってたんです。でも、こっちに引っ越してからはそれもなくなりました」

封書の中身を聞いた美晴は混乱する。姉の失踪直後に始まった投函《とうかん》物。いったい誰が何の理由でそんなことをしたのか。

ところが不破は構わず質問を続ける。

「当時、小春さんが身に着けていたものは残っていませんか。帽子、手袋、他に髪の毛が付着したものでも構いません」

「何でそんなものを」

「DNA鑑定のためです。あなたは〈一膳〉の近くにあった鏑木医院跡をご存じですか」

「鏑木医院跡……知ってます。何度かあの前を通りましたもん」

「跡地の床下から二体の白骨死体が発見されました。うち一体は二十代女性のものと思われます」

矢庭《やにわ》に実花は身体を硬直させたようだった。

「その死体がお姉ちゃんやっていうんですか」

「あくまでも確認のためです。もしそういうものが見当たらなければ、あなたのDNAを採取させてください。肉親のものであっても特定は可能ですから」

「そんな」

明らかに実花は動揺していたが、不破は我関せずといった調子で続ける。

「家を出るにしても、ちゃんと理由を教えてくれるはずだった。あなたも小春さんが亡くなっていると、心の隅で考えていたのではありませんか」

図星を指されたのか実花は一瞬、黙り込む。やがてのろのろと奥の部屋に消え、戻ってきた時には手にブラシを握っていた。

「これ、お姉ちゃん専用のブラシです。服とか小物とかは整理したけど、これだけは何となく捨てることができなくて」

不破は取り出したハンカチでブラシを包む。

「確かにお預かりしました」

「検事さん、一つ教えてください。病院跡から見つかった死体は自殺やったんですか。それとも誰かに殺されてたんですか」

「今、それを含めて捜査しています。進捗を見守ってください」

「もう、わたし、二十年も待ったんです」

迂闊なことは言えませんが、と不破は前置きして続ける。

「これ以上、あなたを苦しませるつもりはありません」

金森宅を辞去したタイミングで、不破のスマートフォンに着信が入った。洩れ出る声で岬からの発信だと分かる。

『不破検事の進捗はどうだ』

「金森小春の遺留物を入手しました」

『手際がいいな。ところで、いい知らせと悪い知らせがある』

「次席のお好きな方からどうぞ」

『當山・桃瀬両検事が高峰と安田に対して、白骨死体の身元について尋問した。結果は空振り。二人とも知らぬ存ぜぬを通したらしい』

それがいい知らせなのか悪い知らせなのか、美晴には即座に判別がつきかねた。

『いい方の知らせだが、こちらにも進展があった』

「教えてください」

『岸和田署のマル暴から気になる話を聞いた。京阪大の応援団というのは以前から地元ヤクザの準構成員と目《もく》される学生が少なくなかったらしいが、二十年ほど前にいきなり消息を絶った団員がいたらしい』

「氏名が分かれば、診察記録と照合できますね」

『もう、照合させている』

手際がいいのはどっちだと言いたくなった。

2

二日後、法医学教室からの鑑定報告を受けた不破と美晴は、その足で会議室へと赴いた。待っていたのは例のごとく、折伏をはじめとした調査チームの面々だ。揃いも揃って不景気な顔をしているが、岬以外は尋問が不調に終わったのが後を引いているのだろう。

早速、折伏の詰問が始まった。

「法医学教室の鑑定結果が届いたそうじゃないか」

「今しがた届いたばかりです」

「結果は」

「九十八パーセントの確率で、女性の白骨死体は金森小春、当時二十一歳のものと結論づけられました」

「高峰・安田両名との関係は」

「まだ調査中です」

折伏は苛立ちを隠そうともしない。まだ靴を履かないうちに走り出して転倒した子供のようだと思った。

「片方の死体の身元が特定できても、二人との関係性が不明ではどうしようもない」

「現状判明している接点は定食屋に通う常連と従業員という点です」

「それだけでは関係性が極めて薄弱だと言っているんだ」

「では、もう一体の身元が判明すればどうかな」

間に割って入るように、岬が口を開く。

「実は男性死体の方も特定できた。昨日遅くに病院から報告が入ってな」

折伏は驚いた顔を岬に向ける。

「初耳ですよ、次席」

「朝イチで知らせようとしたが、あなたたち三人が何やら揉めているようだったからな。つい言いそびれた」

「……お聞きしましょう」

「男性は岸和田市在住だった田久保仁和《ひとかず》、当時二十四歳。京阪大の応援団に所属していた四回生だ。三回生の時、他の大学の応援団と暴力事件を起こし、その際に右膝を骨折している。大阪市内の病院で治療を受けたんだが、その時のカルテと白骨死体を照合した結果、本人と特定できた」

田久保と特定できたのは、昨日のうちに岬から聞いていた。しかしそれよりも美晴が驚いたのは岬の行動力だった。ホームグラウンドではない大阪の地で、府警と府下の医療機関に情報を共有化させ、わずか一日で男性死体の個人識別を完了させてしまったのだ。

「ただし、これも身元が判明したというだけであって、高峰・安田両名との関係までは明らかになっていない」

「しかし、両名が殺人に関与している可能性は濃厚です。死体の身元が判明した今、改めて尋問を行えば必ず」

「必ず、何を自白すると思うのかね」

岬は半ば挑発するように畳みかける。

「死体を発見したと責めても二人の口からは、これといった供述を得られなかった。たとえ死体の身元が特定できたと追撃しても、同じ結果になりはしないか。特に高峰検事の場合、言っては何だがそこの二人よりははるかに尋問慣れしている。後出しの情報だけを武器にどこまで供述を引き出せるか、わたしとしては心許《こころもと》ない」

當山と桃瀬は大いにプライドを傷つけられたらしく、岬を切なげに睨む。抗議したいところなのだろうが、既に結果が出ていることなのでそれも叶わない。

「何か提案でもありそうですね、次席」

「提案というほどのものではないが、手掛かり皆無の状態から女性死体の身元を特定させたのは不破検事の手腕だ。それなら尋問も不破検事に任せたらどうだね。個人識別までの過程を知っている者ならではの攻略法があるかもしれない」

「そんな攻略法があるのか」

折伏は不破に向き直る。

「特別な攻略法など有り得ません」

「まあ、そうだろうな」

「被疑者は被疑者です。特別な色がついている訳ではありません。必要十分な物的証拠と事実の積み重ね、被疑者の言葉から真意と虚偽を判別する。煎《せん》じ詰めればそれだけのことです」

「それだけのこと、か」

双方のやり取りを見ていた美晴は、意識するしないに拘わらず不破が折伏を挑発してしまったのを知る。

「それだけのことと言い切るからには、是非とも成果を見せてくれ」

了解した不破が踵を返しかけた時、折伏は最後のひと言を忘れなかった。

「被疑者が落ちたと判断できたら、後はこちらが引き継ぐ。不破検事は調書を作成しなくていい」

頭に血が上った。死体の身元特定から尋問に至るまでを不破に押し付け、最後に果実だけを掻っ攫うという宣言だった。

さすがに気を悪くするだろうと思ったが、案に相違して不破は何も返すことなく会議室を出ていく。

検事と行動をともにするのが検察事務官の務めだが、この時ばかりは我慢がならなかった。折伏たちに対して声を上げなければと一歩前に出た。

その時だった。

「惣領さん」

短いが、ずんと重みのある声が部屋を圧した。

岬の声だった。

「どうした。不破検事は出ていったぞ。今から聴取の準備をしなければならんだろう」

「でも、次席。今のはあんまり」

皆まで言わせてくれなかった。

「不破検事の足は速い。急がんと追いつけなくなるぞ」

「でも」

「不破検事を理解し、寄り添えるのは惣領事務官だけだろう」

岬は美晴の動きを封じるように両肩を抱き、ドアへと誘う。美晴が不用意な発言をしないようにしてくれているのだ。

「彼を理解できるのが彼女だけというのは同意しますね」

美晴の背中に折伏の声が浴びせられる。いったん鎮静しかかった怒りに再度火が点いた時、真横で岬の声がした。

「それはそうだろう、折伏さん。いや、當山・桃瀬両君も不破検事を決して理解できんだろうな。同じ検察官でも、彼とあなたたちでは目指すものが違う」

「どういうことですか」

「あなたたちには相応に上昇志向がある。実績を積み、評価され、出世の階段を上ろうとしている。間違った考えではないし、上昇志向が仕事の推進力になるのは否定しない。あなたたちの目には、不破検事はさぞかし異質に映るに違いない。手柄はぽんと人にくれてやる。出世欲を剥き出しにするでもなく、目立とうともせず、自らを誇ろうともしない。彼が注力しているのはひたすら起訴・不起訴を見極める作業だけだ。どうせあいつは現場に執着し、退官まで捜査検事で燻《くすぶ》り続ける……大方そんな風に見ているのだろう」

「我々に対する嫌味ですか」

「嫌味ではなく、反論だ」

岬は喋りながら美晴を連れていく。肩に触れている手がとても温かに感じられた。

「検察庁にはあなたたちより物の道理の分かった人間が大勢いる。己の職務に愚鈍なまでに忠実な者を軽々には扱わんよ」

高峰と安田に対する事情聴取は午後から開始された。準備をしていた美晴が何よりも驚いたのは、事前に不破から言い渡された条件だった。

「高峰検事と安田調整官、二人同時に聴取を行う」

「同時って、あの、二人を同席させるという意味ですか」

「他にどんな意味がある」

被疑者が複数いる場合は、口裏合わせや情報漏洩を防ぐためそれぞれ一人ずつ尋問するのがセオリーになっている。不破はそのセオリーを無視しようというのか。

「二人を同席させるのに、どんな意図があるんですか」

「利害関係にある者同士を同席させれば牽制や虚偽の必要が生じる。だが本当に利害を超えた間柄なら、逆の効果が期待できる」

毎度のことながら詳細に説明するつもりはないようだ。納得のいく答えではなかったが、美晴は従わざるを得ない。

二人同席の事情聴取は当人たちも意外だったらしく、執務室に入ってきた高峰は珍獣を見るような目で不破を睨んだ。

「いったい何を企んでいる」

「何も企んではいません。通常の事情聴取です」

「いや、この形式はどう考えても変だろう」

「高峰検事、聴取を始めます。座ってください」

静かだが有無を言わさぬ口調だった。高峰に続いて喋ろうとした安田も口を噤んでしまった。

美晴は記録係として後方に控えているので、執務机を挟んで一対二のかたちとなる。かつてない構図に被疑者たちも落ち着かない様子で、平然としているのは不破だけだった。

「岸和田市寺井町、鏑木医院跡から二体の白骨死体が発見されたのはもうご存じですね」

「ああ、わたしは當山検事から聞かされた。あの男、さも自分が発見したような口ぶりだったが、不破検事の手柄だそうじゃないか」

「つい昨日のことですが、二体とも個人識別が完了しました」

不破はそう告げて、二人の面前に金森小春と田久保仁和の顔写真を差し出す。

瞬時に反応を示したのは意外にも高峰の方だった。安田は写真を一瞥するなり無表情を決め込んだらしい。

だが、能面ぶりなら不破に一日の長がある。

「この二人はほぼ同時期に消息を絶っています。接点はお二人が常連だった〈一膳〉という定食屋。女性はそこの従業員です。彼女のことを憶えていますか」

二人の返事はなし。ここまでは当然予想された展開だ。

だが、不破の次の言葉が二人を動揺させた。

「金森実花さんに会ってきました」

がたと音を立てて高峰が腰を浮かせた。

「結婚して家庭を持っていました。現在は大阪市内に暮らしています。心配でしたか、高峰検事」

「……そんな女は知らん」

知っているのも同様の反応だが、これは不破の勝ちだ。高峰も、いきなり小春の妹から切り出されるとは予想していなかったに違いない。

「実花さんと塔子さんはずっと小春さんの帰宅を待ち侘《わ》びていましたがそれも叶わず、実花さんは高校卒業と塔子さんの死去をきっかけに岸和田の家を出ました。高校を卒業した彼女にとって肉親を二人も失ったのはこの上なく心細かったでしょう。そうでなくても彼女は在日です。未だ偏見の残るこの国では生き辛く、有形無形の差別に苦しめられたのは想像に難くない。しかし、実花さんはずっと忘れませんでした。月に一度、誰からかも分からぬ便りに込められた想いを」

不破は二人の眼前にそれを並べ始めた。

すっかり褪色してしまった茶封筒。

一枚、二枚、三枚。

五枚、十枚、二十枚。

あっという間に机の上は茶封筒で埋め尽くされた。高峰と安田は声もなく、茶封筒の列に目を奪われている。

「実花さんは一通なりとも封筒を捨てませんでした。とても捨てる気にはなれなかったそうです。中に入っていたのは現金でした。最初は二万円ずつ、やがて四万六万と金額が上がっていき、最後は十万円にもなっていた。誰が何のために施してくれるのかは分からなかったけれど、稼ぎ頭を失った金森家にとっては返したくても返せない生命線でした。幸か不幸か茶封筒は差出人不明で、しかも投げ込みだったから返還する手立てもない。金森母子にはそれが免罪符にもなりました。塔子さんは亡くなる直前まで、善意の投げ込みをしてくれた相手に感謝していたとのことです。彼女の最期の言葉は、ありがとうでした」

するとと、今まで能面だった安田が表情を崩した。ズボンの膝をきつく握り締め、込み上げる感情と必死に闘っているようだった。

「二十年経っても変わらないもの、変えようのないものがあります。お二人はそれを護ろうとしているのではありませんか」

抑揚のない淡々とした言い方だから尚更相手の胸に届く。激情も疑念もない言葉だから抵抗なく呑み込まれていく。

「地位や体面、報奨や収入を男の本懐とする者がいる一方で、友情と約束を後生大事にする人たちがいます。本音を言えばわたしは後者が苦手でなりません。所詮カネに換算できる類のものは墓まで持っていけませんが、友を想う気持ちと交わした契《ちぎ》りは土の下でも生き続ける。そういう宝物はなかなか手放せませんから口を割らせにくい」

ややあって高峰が口を開いた。

「恥ずかしくなるような青臭い台詞《せりふ》を吐くんだな。不破検事がそんなキャラクターだったとは思いもしなかった」

「事実ですよ。非常に稀なケースですが、他人を護ろうとする被疑者ほど厄介なものはありません。しかし高峰検事、そして安田調整官」

不破は二人にずいと顔を近づけた。

「個人識別が完了し、金森小春と田久保仁和の関係性について好ましからぬ疑念を抱く者もいます。

死者の尊厳を護るのであれば、今こそ明らかにすべき事実があるのではありませんか」

高峰は当惑した様子で、ちらと安田と視線を交わす。

やがて安田が了承するように頷いてみせた。

「もういいよ、高峰。ここまでだ」

安田が陥落した瞬間だった。

「安田、まだだ。これが不破検事の企みだ。彼は俺たちの過去につけ込んで」

「企みだろうが何だろうが、こんなかたちの正攻法があるなんて全くの予想外だった。それに高峰が横にいてくれれば僕も自由に話せる。二人同時に招かれた時点で僕たちの負けだったんだよ。でも不破検事、強がるようだけどあなたに負けたんじゃない」

安田は再び封書の列に視線を落とした。

3

安田と高峰は小春たちの争う声が聞こえた方角へとひた走る。最前から不吉な予感はしていたが、それにしても尋常な声ではない。

だが廊下にまで侵入した雑草と散乱したオフィス家具が二人の行く手を阻《はば》む。それぞれに懐中電灯を翳してみるが、光輪が照らし出す範囲は狭く、足元も暗い。下草生い茂る林の中を走っているようで、思うままに進まず気ばかりが急く。

「今の声、男の方は田久保で間違いなさそうか」

「ああ」

安田の問い掛けに高峰は短く答える。

「何度か聞いたが、あの粘ついたいやらしい声は忘れたくても忘れられん」

小春と田久保が争う状況など一つしか考えられない。しかも最悪の状況だ。

「今、俺が想像していること、見当ついてるか」

「多分、同じ想像をしてると思う」

「もし予想通りだったら自制する自信がない」

「再度以下同文。どっちかが止めに入らなきゃいけないんだろうけど、無理だよ。きっと二人で半殺しの目に遭わせる気がする」

小春たちの声が途絶えてから数秒、耳を欹《そばだ》ててみても二度目が聞こえない。争いが途絶えたらしいことも二人には不安要素でしかなかった。

「小春ちゃん」

「返事してくれ」

二人が張り上げた声が空《むな》しく廃墟の中にこだまする。

頼む。

もう一度、声を上げてくれ。

どこにいるんだ。

二人で手分けして次々と診察室のドアを開けていく。

違う、ここではない。

ここでもない。

せめて返事くらいしてくれ。

そして安田が三つ目の診察室を覗いた時、光の輪の中に凄惨な光景が広がった。

診療台を隅に押しやって確保したスペースに男女の身体が横たわっていた。予想通り小春と田久保だ。小春は仰向《あおむ》けになって天井を眺め、田久保はうつ伏せに倒れて後頭部から夥《おびただ》しい量の血を流している。

言うまでもなく安田たちは小春に駆け寄る。だが彼女の身体に触れた途端、高峰はうっと呻《うめ》いた。

小春の胸からは刃物の柄が出ていた。よく見ればその傷口からも相当量の出血がある。今は刃物が刺さったままだが、抜けばもっと血が出るだろう。安田は動顚《どうてん》しかけた意識を何とか保ち、小春の顔を覗き込む。抱きかかえるのも憚られ、真上から呼びかけるしかない。

「小春ちゃん、小春ちゃん」

身体を揺らさず、安田が懸命に呼び掛け続けていると、小春はうっすらと目を開けた。

「や、安田さん」

辛うじて聞き取れる程度の、今にも消え入りそうな声だった。彼女が言葉を発すると、その分だけ血が流れるような気がした。

「襲われて、抵抗していたら、刺されて……」

力なく動いた指の先に、人の頭ほどの大きさのコンクリート片が転がっていた。どうやら剝がれた床の一部らしく、表面のリノリウムにべっとりと血が付着している。これで田久保を殴ったということか。

「高峰さん、田久保は」

「ちょっと待ってろ」

束の間、高峰は田久保の傍らに屈《かが》み込む。こちらはやや乱暴に抱き起こして生死を確かめたが、判断は即座についたらしい。

「駄目だ、もう息をしていない。心臓も止まっている」

声に緊張が聞き取れる。検察官志望の高峰なら、当然に小春の傷害致死罪が頭を過るからだろう。

冗談ではない。これは間違いなく正当防衛だ。そう考えながら小春を見下ろす。

「小春ちゃん、じっとしていてくれ。今すぐ救急車を呼ぶから」

すると小春は小さく首を振った。

「お願い、だから、秘密に、して」

「でも」

「絶対、知られたく、ない」

懐中電灯の淡い光でも、小春の顔から生気がすっかり失せているのが分かった。安田は彼女を安心させるために頷くしかない。状況を感じ取ったらしい高峰も安田の横に戻り、小春の今際《いまわ》を見届けようとしている。

「高峰さんも、お願い。実花は、まだ、中学生なの」

掠《かす》れた声が胸を締めつける。この期に及んで、まだ小春は妹を気懸《きがか》りに思っている。

「分かった、小春ちゃん。このことは誰にも言わない。俺と安田だけの秘密にする」

姉が殺人犯だと知れ渡れば、実花の肩身が狭くなる。小春の心配は手に取るように分かるので、安田は高峰につづいて頷いた。

二人の了解を確かめると、不意に小春の目が輝きを失った。

「小春ちゃん」

「小春ちゃん」

安田と高峰の声にも反応しなくなった。安田は小春の目を覗き込み、高峰は手首で脈拍を確かめる。

安田は必死になって状況を否定する。

馬鹿な。

これしきのことで人が死ぬなんて、あるはずがない。

高峰も同じ心持ちなのか、小春の手首を握ったまま、おろおろとしている。

「死ぬなあ、小春ちゃん。死ぬなあ」

顔に似合わぬ、今にも泣き出しそうな声だった。

しかし二人の願いも空しく、死は容赦なく訪れた。瞳孔は開いたままとなり、胸の鼓動は停止した。脈拍を診《み》ていた高峰の表情には驚愕と狼狽が現れた。

しばらくは二人とも声を発しなかった。人並みに死という概念を知っているはずなのに、目の前にいる小春が容易く落命するのが何かの冗談にしか思えなかった。

「本当に死んじまったのか」

今度は高峰が身を乗り出して小春の唇に顔を寄せた。往生際の悪さを窘める気にもなれず、安田はさせるに任せる。

高峰の表情が狼狽から絶望へと変わっていく。額を小春の胸に預けたまま、肩を小刻みに震わせていた。

重い沈黙が下りてくる。周囲の暗さと相まって、まるでカタコンベの中にいるような錯覚に陥る。数分も黙禱《もくとう》を捧《ささ》げた頃、高峰の肩に手を置いた。

「もう、いいか」

「……ああ。もう救急車を呼ぼう」

「馬鹿なこと言うな。小春ちゃんの遺言、聞いてなかったのか。彼女は秘密にしてくれと頼んだんだぞ」

叱られた高峰は、ようやく思い出したようだった。

「僕たちがどんな偽証をしたところで彼女が田久保と刺し違えたのは明白だ。未来の検察官、この場合、正当防衛は成立するか」

「司法解剖してみなけりゃ分からん」

「そうだろうね。だけど仮に正当防衛が認められたにしても小春ちゃんが田久保を殺した事実に変わりはない。残されたお母さんや妹さんには謂れなき誹謗《ひぼう》中傷が浴びせられる。彼女は何としてもそれを避けたかった」

「じゃあ、どうするつもりだ」

「二人の死体を隠す。そうすればここで起きた凶行は誰にも知られない。小春ちゃんは行方不明者の扱いになるが、人殺しよりはよっぽどマシだと思う」

「隠すって、どこに」

「ここだよ。廃墟になった病院跡。前病院長に悪い噂があるせいか、未だに土地の買い手がついていない。死体を埋めるには絶好の場所だろ」

高峰は二つの死体を眺めて呟く。

「そうするしかないのか」

「小春ちゃんの遺志を尊重するのならね」

死体遺棄の片棒を担げというのだから、検察官を目指す高峰には無理難題だろう。もし発覚すれば司法試験に合格したところで検察庁への道が閉ざされるのは必至だ。もし高峰が拒絶しても責められるものではない。その時は高峰を廃墟から追い出し、自分一人で死体を埋めようと決めた。

「一つ、提案がある」

ほら、来なすった。

「田久保のクソ野郎を小春ちゃんと一緒に埋めるのはムカつく。別の場所にしろ」

「了解」

そこから先の作業は円滑だった。安田が〈寺井寮〉から備品のスコップを調達してくると、二人がかりの穴掘りが始まった。小春への思いか、それとも死体遺棄が露見することへの恐怖心からか、作業は急ピッチで進む。

フローリングは半ば腐っていたので簡単に引き剝がすことができた。床下の根太と大引を二人で外すと地面が現れる。後は掘り進めていくだけだ。

スコップを握っている間、二人は全く言葉を交わさなかった。行為そのものは犯罪に相違ないのに、何やら厳粛な気分に支配されていたからだ。

「こんなものかな」

五十センチほど掘り進めた時点で高峰が久しぶりに口を開いた。この深さなら大丈夫だろうと安田も同意する。

「棺桶《かんおけ》とかに入れてやれなくてごめんな」

高峰がいてくれて助かる。力仕事を分担できるだけではなく、自分が言いたいこと言わなければならないことを代弁してくれる。

小春の胸からゆっくりと刃物を引き抜く。死後しばらくすると血流が途絶えるためか、傷口からはごぼりと血がこぼれるだけだった。改めて刃物を見るとジャックナイフだ。ひどく汚らわしく思え、安田は指紋を拭き取ると持参したレジ袋に放り込んだ。これは離れた場所にでも捨てればいいだろう。

二人で小春の身体を抱え、穴の底へ丁寧に納める。合図も交わさないのに、同時に合掌した。

「法律の条文なんて憶えていても、こういう場面じゃ何の役にも立たない」

高峰は悔しそうだった。

「経《きよう》の一つでも憶えておきゃよかった」

手で土を掬《すく》い、小春の身体に振り撒く。やがてすっかり土に隠れると、スコップで埋めていく。

再び沈黙が流れる。

やむを得ず無理やり埋葬する羽目になったけど、君との約束はどんなことをしてでも守る。だから勘弁してくれ。

妹が気懸りなら、どこまでできるか分からないが二人で見守る。小春ちゃんには到底及ばないだろうけど、可能な限り助ける。

確かめはしないが、高峰も同じ思いなのだろう。目を閉じて祈る顔は、今までになく神妙だった。

土を被せた後、床板を元通りにして診療台を上に載せる。仔細に観察すれば掘り返した痕跡は残るだろうが、どちらにせよ廃墟に立ち寄る人間など皆無に近い。不良どもやホームレスたちが侵入しても、そんな痕跡は気にも留めないだろう。

次は田久保の死体を埋める番だ。生前は見下げ果てた人間と見ていたが、死んでしまえば憎しみも半減する。二人とも死者に鞭を打つ趣味はなく、別の診察室へと運ぶと掘った穴に死体を納める。

「ナンマイダブ、ナンマイダブ」

土を被せる直前、高峰は妙な調子で念仏を唱える。

「何だい、その気の抜けたような念仏は」

「せめてもの手向《たむ》けだ。こんなヤツでも死ねば仏様だからな」

それでも小春を埋葬する時よりは厳粛さに欠ける。穴を埋めていく作業は事務的な感が拭えなかった。

こちらも埋めた跡に診療台を置いて作業は完了した。服についた砂を払い落とすと、途端に疲労感が襲ってきた。

深い溜息が洩れると同時に腰が砕けた。

「どうしたよ」

「どっと疲れた」

「普段から鍛えとけよ。情けねえなあ」

言いながら高峰も隣に腰を下ろす。

「なあ参謀。これからどうするよ」

「いつの間に参謀にさせられたんだよ」

「発案する人間は参謀と決まっている」

「これからも何も、秘密を守り抜くだけでしょう」

「この歳で、墓場まで持っていく秘密ができちまったか」

「もう一つ。彼女は妹さんの身を案じていた。学生の身分でどこまでできるか分からないけど、可能な限り妹さんを援助してあげよう」

「それな、別に学生時分に限定しなくていいんじゃないのか」

「え」

「え、じゃねえよ。俺は検察官、お前は財務官僚を目指してるんだろ。めでたく入庁・入省できれば、今より経済的な援助ができるじゃないか」

「先輩、妹さんをずっと援助し続けるつもりだったんですか」

「惚れた女の妹だからな。小春ちゃんがああなった以上、姉代わりをするのは当然だ。少なくともあの子が高校を卒業するまで見届けてやりたい」

思い入れの深さに感心したのも束の間、次の瞬間には自分も加担したくなっていた。

「先輩だけにいいカッコさせられないな」

「足長おじさんは二人も要らん」

「まだおじさんなんて歳じゃないでしょ」

安田と高峰は苦笑した顔を見合わせると、ゆっくり腰を上げる。

誓いがどこまで、そしていつまで守れるか定かではないが、少なくともまだしばらくはこの男と行動を共にするだろうという予感があった。

廃墟を出てしばらく歩いていると、橋に差し掛かった。小さな川ながらも流れは急だ。安田はレジ袋からナイフの先を覗かせると、自身の指紋がつかないように放り投げた。

落ちていく最中、ナイフは一度だけ刃をぎらりと反射させて川面《かわも》に吸い込まれていった。

*

「以上が、僕たちの犯した死体遺棄の全容です」

長い昔話を終えると、安田はひと息吐いた。

「断っておきますが、犯したのは死体遺棄だけで、殺人には何も関与していません。誓って申し上げます」

死体遺棄罪は三年以下の懲役が罰則だが、公訴時効も三年となっている。安田の証言が真実なら、死体遺棄で罪を問うのは不可能だ。

当然、不破が公訴時効に気づかぬはずもなく、切り出した言葉からは興奮など微塵も聞き取れない。

「実は鑑定をお願いした法医学教室から報告書が届いています。二体の白骨死体はいずれも破損が激しく死因の特定が困難でしたが、男性の方は後頭部に陥没箇所があり、鈍器状の凶器で殴打されたことが死因と推測されるそうです。安田調整官の証言はそれを裏付けるものです」

「信じてもらえて何よりです」

「しかし女性の方、金森小春の死因については未だ確証となるものがなく、あなたの証言を鵜呑みにはできません」

「何しろ二十年も前の話です。僕と高峰も証拠が残らないように注意していましたからね。手際の良さが今頃になって災いに転じている。皮肉なものです」

「国有地払い下げ問題で、当初あなたが証言を拒んだのは、死体遺棄が絡んでいたからですか」

「荻山学園建設予定地の候補に鏑木医院跡が挙がった時には肝を冷やしました。青天の霹靂《へきれき》でしたね。改めて考えてみれば、今まで売却の話が出なかったこと自体が幸運でした」

「では荻山理事長との間に贈収賄の事実はなかったのですね」

「それも神にかけて誓いますよ。小春ちゃんの犯罪が明るみに出るのと比べれば取るに足らない疑惑ですが、証言を拒めば検察の疑惑は当面そちらに向けられるでしょうから、いい目晦《めくら》ましになると考えました」

「しかも、選りに選って取り調べ担当になったのは高峰検事でした。あなたにすれば口裏を合わせる以前の話だった」

「そこからはわたしが説明しよう」

　高峰が割り込んでくる。

「不破検事の推測に追加するが、特捜部で国有地払い下げの捜査が決まった際、わたしは取り調べ担当に手を挙げた。日頃の働きぶりが評価されているのは承知していたから、任命される自信はあった」

調べる側と調べられる側が同じ秘密を共有しているのだから、台本つきの三文芝居のようなものだ。結果が出ないのはむしろ当然だった。

「気懸りなのは、安田と荻山理事長との交渉経過だった。荻山理事長は向山の物件だけじゃなく、寺井町の物件にも興味を持っていてな。実際、候補地に挙がった時点で小学校施設整備指針に照らし合わせても、寺井町の物件の方が学園建設予定地として有利だった。だが建設が始まってしまえば小春ちゃんたちの遺体が発見される可能性が大だった。それで安田がつい譲歩案を出してしまった。向山の物件なら売却価格を下げられるかもしれないと口走ったんだ」

横で聞いていた安田は羞恥《しゅうち》からか背任の申し訳なさからか、唇を噛んで俯く。

「交渉記録を読んでいて仰《の》け反《ぞ》った。安田にしては不注意なひと言だが、交渉の流れとしてその部分だけを削除すれば不自然極まりない記述になる」

「それで記述のあった二十四ページ目を丸ごと差し替える羽目になったんですね」

「原本を差し替えてからコピーを近畿財務局に送った。とにかく公文書と名のつくもの一切から問題の一文を消し去る必要があった。まさか紙質の違いで露見するとは予想もしていなかった」

「慎重にも慎重を期しているつもりなのに、どこか抜ける。昔からそうだったんですよ、この人は」

「お前だって似たようなものじゃないか。お前が不用意に値下げ交渉に持ち込んだのが、そもそもの失敗だろうが」

安田と高峰は互いに憎まれ口を叩く。不思議に耳障《みみざわ》りに感じないのは、二人の反応がへそを曲げた子供のそれだったからだろう。

だがそんな二人に冷や水を浴びせるのが不破の真骨頂だった。

「死体遺棄自体はとっくに公訴時効を迎えています。それにも拘わらず鏑木医院跡の払い下げを阻止しようとしたのは、二十年経《た》っても金森小春の犯罪を隠蔽するためだったのですか」

「実花ちゃんの消息が知れなかったし、隠し果《おお》せるものなら、それこそ墓場まで持っていくつもりでしたからね」

「お気持ちは察します。しかし死体遺棄の発覚を怖れて国有地の購入価格を操作しようとしたこと、ならびに交渉記録が記載された文書を差し替えた行為は背任と責められるべきものです」

不破の厳とした言葉が場を凍らせる。

「守るべき約束を守り、護るべき人を護ったことには敬服します。しかし、公務員でありながら公務に背いた罪は償わなければなりません」

「過去の死体遺棄より現在の背任行為か。いかにもあなたらしい物言いだ」

高峰は諦観を滲ませて苦笑する。

「安心しろ。わたしも安田も自白した以上は腹を括っている。起訴でも何でもするがいい。法廷で正々堂々と反論してやる」

「死体遺棄について追及しないという趣旨なら」

続いて安田が畳みかけてくる。

「僕たちをどう扱ってくれても構いませんが、小春ちゃんの名前だけは公にしないでもらえませんか。消息が摑めたとはいえ、実花ちゃんは家庭を持っている。彼女の生活を乱したくない」

「それはわたしからも頼む。公務員としての責任を問われても仕方ないが、金森一家については犯人が既に死亡している。過去をほじくり返したところで得をするヤツは誰もいない。むしろ新たな悲しみと不幸を生むだけだ」

高峰は普段あまり下げないであろう頭を下げる。安田も追随して下げる。ともに取り調べ対象となった被疑者が揃って担当検事に頭を垂れる図など、そうそうあるものではない。

私と公、友情と使命、いくつかの対立軸を抱えながら共闘していた安田と高峰を見ていると、部外者の美晴でさえが共感を覚える。

だが不破はどこまでも不破だった。低頭する二人の姿を目の当たりにしても眉一つ動かさなかった。

「被害者遺族を困惑させることはわたしも本意ではありません。ただし公訴時効が成立しているという理由だけで捜査を中断する訳にはいきません」

これには二人もきっと顔を上げた。

「高峰も言った通り、既に時効が成立し、犯人もこの世の者でなくなっている。それでも事件を表面化しようというんですか。あなたの職業意識は無駄に頑なですよ」

「公務に、無駄に頑なということは有り得ません」

「誰も幸せにならないだけじゃない。意味だってない」

「真相の追及というだけで意味はあります」

「もうよせ、安田。無駄だ」

高峰はふるふると首を横に振る。

「不破検事は大阪地検一、話の通じない検察官だ。およそ六法全書に記載のない条項については興味がない。忖度も同情もなし。そういう男だ」

「さぞかし有能と称賛されているのでしょうね。高峰も有能だと噂されているようだが、どうやら別種の有能さらしい」

安田なりの皮肉らしいが、不破の能面を剝がせるほどの威力はない。不破は何事もなかったかのようにあしらう。

「各検察官の評判は関係ありません。調書の作成にご協力ください」

「不破検事。悪いが金森小春の名誉が担保されない限り、我々はこれ以上捜査協力を快諾できない」

「快諾していただけないのであれば、無理にでも協力していただかざるを得ません。言わずもがなですが、検事調べへの協力は任意ではなく義務です」

淡々と吐き出される言葉からは、職業倫理以外の何も聞き取れない。

安田と高峰はそれ以降、貝のように口を閉ざした。

二人が執務室を退出すると、入れ替わるように岬が入室してきた。岬は不破から事情聴取の成果を聞き、顔を曇らせる。

「折角、二人の口が緩みかけた間際に原理原則論か。不破検事らしいと言えばそれまでだが、向こうが洗いざらい吐いてから態度を硬化してもよかったんじゃないのか」

岬はいったん非難めいた口調で言ったが、すぐに訂正する。

「……いや、それでは不破検事の流儀に反するか。取り調べ対象者が胸襟を開いているのに、騙し討ちをするような真似は好むまい」

「そういう訳ではありません」

岬はおや、という顔をする。引っ掛かりを覚えたのは美晴も同じだった。

「正しい供述を引き出すためなら、軽度の恫喝や誘導は許容範囲と考えています」

「ふむ。それならどうして死者の名誉を護ると言わなかった。金森小春の犯行を裏付けるものは二人の証言しかない。被疑者死亡の犯罪を暴くのが無意味とまでは言わないが、取り調べ対象者の口を閉ざすまでの価値はないのではないか」

「まだ、わたし自身が納得していません」

「二人の証言だけでは足りないというのか」

「背景を知れば、二人が偽証する可能性は確かに希薄です。しかし、まだいくつか腑に落ちない点があるんです。それが解消されない限り、金森小春の犯罪に関して捜査を打ち切ることはできません」

「どこが腑に落ちないというんだ」

「安田調整官と高峰検事の証言に出てきた死体発見の件です」

返事を受けた岬は、記憶を巡らせるように不破を睨む。ややあって、何かを思いついたらしく合点顔で頷いてみせた。

「ああ、そういうことか」

「はい。その一点だけどうにも辻褄《つじつま》が合わないのです」

「辻褄が合わないのはわたしも同意だが、それにしたところで二人の証言が唯一無二の根拠になることは変わりない。疑問の解消は不可能じゃないのか」

「心当たりがあります」

「そう言うからには、単なる証言に勝るものなんだろうな」

「府警本部の鑑識に依頼しています。早晩結果が出るはずです」

回答を聞いた岬は安心したのか、片手で了解の意を示すと部屋を出ていった。

後に残された美晴は、頭の中が疑問符でいっぱいになる。

「検事。今の次席とのお話は何だったんですか」

「聞いての通りだ。次席もわたしと同じ疑問を持ち、捜査の続行に同意してくれた」

何に対するどんな疑問なのか。美晴が尋ねたとしても、決して懇切丁寧に解説してくれる男ではない。いつものように自分で考えろと片づけられるのがオチだろう。美晴とていつまでも新人事務官ではない。不破に呆れられるより先に看破してみせようと、自分で記録した安田と高峰の証言を始めから読み直してみる。

だが何が腑に落ちないのか、美晴には見当もつかなかった。

4

一週間後、不破は美晴を従えて大正区にある実花のアパートを訪ねた。本日も在宅していたのは実花だけで、配偶者の姿は見当たらなかった。

「主人はハローワークに通っているんです」

実花は弁解するように言う。就職活動で家を空けているなら特に恥ずべきことではないと思うのだが、実花は世間体《せけんてい》を気にしているらしい。

「DNAの鑑定結果が出たのでお知らせに来ました。鏑木医院跡で発見された死体の一つは、やはりお姉さんのものでした」

「そうですか」

取り乱しはしないものの、実花は失望を露にする。

「お姉ちゃん、殺されたんですか」

「目撃者の証言を信じるのなら。わたしもおそらくそうだったと考えています」

「犯人、誰なんですか。一緒に発見された人が犯人やったんですか」

「なぜ、そう考えるんですか」

「あのお姉ちゃんがやられる一方なんて思えなくって。男勝りやったし、犯人に反撃くらいはしたと思って」

「あながち間違いではないかもしれませんね。あなたには教えておきましょう。今言った目撃者というのは小春さんの失踪後、お宅の郵便受けに現金を投函し続けた二人組です。小春さんは今際《きわ》の際までアなたの身を案じていた。遺言を聞いた二人はできるだけのことをしようと、経済的な援助を思いついたのだと証言しています」

「お姉ちゃんが、そんなことを……」

最後まで言えず、実花は言葉を詰まらせる。不破と美晴の面前であるのも構わず、静かに嗚咽《おえつ》を洩らし始めた。

実花が落ち着くのを待って、不破は再度切り出す。

「これも目撃者の証言によると、小春さんは胸を刺されていました。それが致命傷だったらしく、彼女はあなたのことを二人に託すとそのまま息を引き取りました。死体発見の直前、小春さんと男の争う声が聞こえ、小春さん自身も襲われて抵抗したら男に刺されたと訴えたとのことです。状況を鑑みれば小春さんの話には整合性があります。物的証拠は存在しないものの、小春さんを刺したのがその男性だったというのは信用していいでしょう」

「何という男だったんですか」

「京阪大応援団に所属していた田久保という男です。学生の身分でありながら半ば暴力団の準構成員で、日頃から小春さんを付け狙っていたようですね」

「ひどい男。返り討ちに遭っていい気味や」

「返り討ちというのは正確じゃないかもしれません」

不破が手を差し出したのが合図だった。美晴は提《さ》げていたカバンから一枚の紙片を取り出し、不破に手渡した。

紙片は鑑識の報告書の写しだった。

「これは二つの指紋を鑑定した報告書です。左の指紋は田久保を殴打したと目される凶器から採取されました」

「え、凶器。二十年前の事件なのに、凶器なんて見つかったんですか」

「凶器は剝がれた床の一部でした。小春さんの死体発見現場から採取されました。凶器からは田久保の血液も採取されています。目撃者の証言から凶器が床の一部であると確証を得られたのが幸いし、表面がリノリウムなので表面の油膜に指紋が付着しやすかったのも僥倖《ぎょうこう》でした」

不破は次に右の指紋写真を指す。

「こちらはつい先日採取した指紋です。二つの指紋は完全に一致しており、その主が田久保の殺害犯である可能性は極めて高い」

「あの、右側の指紋はひょっとして」

「ええ、小春さんのブラシから採取できました」

「じゃあ、やっぱりお姉ちゃんが返り討ちにしたんやないですか」

「いいえ、一致したのはあなたの指紋なんですよ、実花さん。わたしにブラシを渡してくれた時、あなたは素手だった。だから二つの指紋を照合できた」

実花は呆然《ぼうぜん》と不破を見ていた。

「まさか……最初からわたしを疑って」

「可能性の一つには数えていました。証言してくれた二人の目撃した光景には、あくまで主観が入っていますから、十全の信用を置く訳にいきません。証言内容には不自然な点もありました。胸を刺された小春さんが瀕死《ひんし》の状態で、後頭部を殴打された田久保が既に絶命していたという件です。もし田久保が返り討ちに遭ったとするなら、胸を刺されたはずの小春さんが田久保の隙を窺い、人の頭ほどもある床材で背後から殴りつけたことになる。不自然極まる状況で、到底納得できません。最も自然なのは、小春さんを刺して動顚していた田久保を、背後から第三の人物が殴ったという解釈です」

「でも、お姉ちゃんが最後に伝えた話は」

「彼女は目撃者たちにこう告げました。『お願いだから秘密にして。絶対知られたくない。実花はまだ中学生なの』。自分が人を殺したことが広まれば妹さんの肩身が狭くなる。二人は小春さんの言葉をそう解釈しましたが、実は妹さんが真犯人であるのを秘密にしてほしい、彼女はまだ中学生なのだから、という意味だったのではないでしょうか。そう考えると全て辻褄が合います」

不破の説明を聞き終わっても、しばらく実花は黙り込んでいた。

「鏑木医院の廃墟は以前から玄関ドアが何者かによって破られていました。しかし破られていたのは玄関だけではなく、裏口も同様でした。つまり目撃者の二人は受付から現場へと向かっていましたが、田久保を殺害した犯人は裏口から脱出できたんです。ただ、瀕死の重傷を負っていた小春さんはそこまで状況が把握できない。現場に駆け込んだ二人があなたの姿も目撃されたと思い込んだとしても不思議ではない。だから二人にそんな伝言をした。この世の最期に、小春さんが気にかけていたのはあなただった」

唐突に実花はすとんと腰を落とした。

頭を垂れ、床をじっと凝視していた。

不破は彼女と同じ高さの目線に合わせるように、自らも腰を屈める。

静寂が数分も続いた頃、実花はようやく口を開いた。

「……お姉ちゃんが〈一膳〉に着いてないのを聞いて、わたしも探しに出たんです。それで鏑木医院の裏を通ると中から物音が聞こえました。検事さんの言う通り裏口もとっくに破られていて、中に入っていったら診察室の中でお姉ちゃんがあいつに馬乗りにされてました。わたし、止めようとしたんやけど、その隙にお姉ちゃんが刺されて」

話しているうちに昂ったらしく、実花の声が次第に大きくなる。

「人間て咄嗟の時にはあんな馬鹿力が出るんですね。かっとなって訳分からんようになって、足元に転がってた瓦礫《がれき》をあいつの頭に振り下ろしました。あいつ、そのまま床に倒れました。そしたらお姉ちゃんと目が合って、お姉ちゃん、早《はよ》う向こう行けって合図するんです。わたし急に怖なって、その時来た道を引き返して裏口から逃げました」

安田と高峰が現場に足を踏み入れたのは、その直後だったという訳だ。

「家に戻ったら戻ったで余計に怖さが増して、布団に包《くる》まって震えてました。取り返しのつかんことしたと思いました。お姉ちゃんを置き去りにしたのを死ぬほど後悔しました。でも次の日、鏑木医院の中に忍んで行ったら二人とも身体がなくなっていて……まさか診療台の下に埋められていたなんて想像もしいひんかったんです。だから検事さんから死体が見つかったと聞いた時には、ホントは安心してもうて」

ゆっくりと上げた顔は憑《つ》き物《もの》が落ちたようだった。

「ずっと引っ掛かってたことが、やっと解決しました」

「今から検察庁で供述してくれますか」

「行きます。でも、一つお願いがあります」

「できるだけ便宜は図ります」

「毎月おカネを届けてくれた人に会わせてください。お礼を言いたいって、この二十年間ずっと願ってたんです」

翌日、不破が金森実花の取り調べを始めた事実が地検内に広がると、真っ先に安田と高峰が執務室に駆け込んできた。

「不破検事、実花ちゃんが犯人だというのは本当なのか」

高峰は相手の胸倉を摑まんばかりの勢いだったが、不破が静かに肯定すると肩を落とした。

「小春ちゃんの最期の言葉は、そういう意味だったのか」

「さぞかしご満悦でしょうね、不破検事」

安田は溢れる憎悪を隠そうともしない。

「僕たちが職務を懸けてまで護ろうとした人間を、あなたはいとも簡単に俎上《そじょう》に載せた。二十年も前の、しかも実の姉を救おうとした女の子を今になって糾弾しようとしている」

「犯行時期を鑑みても、殺人罪の公訴時効は成立していません」

「あなたには情ってものがないのか」

「安田調整官。公務に情を差し挟んだ結果が、今のあなたたちの境遇であるのを忘れましたか。金森小春の名誉を護るというなら他にも方法があったが、あなたたちは隠蔽という悪手を選んでしまった。情よりも優先させるべき倫理があったのに、あなたたちは目を逸らして易《やす》きに流された」

「説教ですか。人の情も知らない人間に偉そうなことを言われたくない」

「あなたたちには問われなければならない責任がある。裁かれなければならない罪がある」

本来は激情家なのだろう。安田は顔を憤怒《ふんぬ》の色に染め、つかつかと不破に歩み寄る。

「待て、安田」

一触即発と思えた刹那、二人の間に高峰が割り込んできた。てっきり仲裁してくれるものと美晴が胸を撫で下ろしたのも束の間、高峰は不敵な笑いを浮かべた。

「これは俺の役目だ」

言うが早いか、高峰の拳が不破の顔面に炸裂《さくれつ》した。不破は首を横に向けたまま、よろりと体勢を崩す。

「不破検事っ」

慌てて駆け寄ろうとした美晴だったが、当の不破に手で制された。

「悪いな、不破検事。こうでもしなけりゃ、俺たちに妹を託した金森小春に顔向けできないんだ。公務執行妨害でも傷害でも構わん。好きな罪状で告発しろ」

予想外の展開だったらしく、安田も呆気に取られて立ち尽くしていた。

何とか倒れずに持ち堪えた不破は、打たれた箇所を手で押さえながら平然と二人に向き直る。

「本日の取り調べを始めます。座ってください」

「折伏検事たちとご一緒でなくてよろしいのですか」

数日後、美晴は一人新大阪《しんおおさか》駅のホームで岬たちの見送りに来ていた。折伏たち三人はグリーン車だが、岬だけは通常の指定席を取っていた。

「どうにも、あの連中とひとかたまりになるのが気詰まりでね」

高峰の文書改竄疑惑について供述を取ったのは不破だ。最高検から派遣された調査チーム一行は鳶《とんび》に油揚げをさらわれた恰好で、しかも密かに目論んでいた荻山理事長から兵馬議員への贈賄疑惑解明については大阪地検特捜部の別働隊が挙げたものだからすっかり面目を失い、ここ数日は憤懣遣《や》る方ないといった風だった。岬が同席を嫌がるのも宜《むべ》なるかなと美晴は思う。

覚悟を決めていたのか、贈賄容疑で起訴された荻山理事長は悪足掻《わるあが》きすることもなく、特捜部の捜査に全面的な協力を申し出た。男を下げたのは兵馬議員の方で、彼はマスコミの取材攻勢にはノーコメントを貫き、特捜部の取り調べには黙秘を通した。しかし荻山理事長から贈賄の日時と金額を記録した帳簿が提出されたため、落ちるのも時間の問題というのが衆目の一致するところだった。ただし金品が渡ったのは兵馬議員止まりであり、近畿財務局延いては財務省にまで累が及ぶ事態には発展しそうにない。投入した人員と得られた成果を比べれば、明らかに最高検の思惑は外れたとしか言いようがなかった。

そんな中、折伏たちと距離を取っていた岬だけは飄々《ひょうひょう》としたものだ。美晴の差し出した大阪土産に相好《そうごう》を崩して礼を告げる。

「短い間だったが、世話になったね」

「いえ、こちらこそ」

「今更だが、不破というのはああいう男だ。見捨てずにやってくれ」

「見捨てられるとしたらわたしの方ですよ。でも、意外でした」

「何がかね」

「不破検事が肝心の殺人事件に関しては不起訴を決めたことです」

不破の決定は地検関係者の目から見ても妥当なもので、高峰を証拠隠滅の罪、安田を背任の罪で起訴したものの、田久保の殺害については嫌疑不十分を事由に不起訴を決定したのだ。

嫌疑不十分の根拠として挙げられたのは、田久保の直接の死因となった脳挫傷と実花の指紋が付着した瓦礫の因果関係が立証できないことだ。つまり致命傷を与えたのが例の床材であったかどうかは断言できない。実花の一撃は田久保を昏倒《こんとう》させるに留まり、彼が死亡したという状況は目撃した安田たちの誤認であった可能性も捨てきれない。

第二に、犯行当時実花は十四歳だった。当時の少年法に照らし合わせれば殺人罪での起訴は妥当性を欠き、公判を維持できない惧《おそ》れがある。

確実に有罪を勝ち取れる案件でなければ起訴は見送る。今回ばかりは不破も手をこまねいて見ているしかなかった。

「さすがの不破検事も百戦百勝じゃなかったんですね。申し訳ないんですけど、不破検事も人間だったんだなあと」

「惣領さん、それは少し違う」

岬は悪戯っぽく笑ってみせる。

「不起訴にしたのは不破検事流の気遣いだ」

一瞬、岬の言葉が理解できなかった。

「いかに姉を助けるためとは言え、一人の人間を殴り殺したんだ。金森実花の二十年間は恐怖と後悔の連続だっただろう。だが検察の取り調べを受けたことで、少なくとも彼女は肩の荷を下ろせる。罰を受けることが重要ではない。行為を明るみに出されて罪を問われることが禊《みそぎ》になる。不破検事はその儀礼を執り行ったんだ」

ようやく合点がいった。

田久保の遺族も沈黙を守っているようだし、事件の内容を鑑みても検察審査会が審査する事案とも思えない。

「……何だか回りくどいやり方ですね」

実花の肩の荷を下ろすのなら、最初から見て見ぬふりをすればいいではないか。

岬は笑ったまま続ける。

「私情を挟まない、原理原則を貫くという流儀では、ああするより他になかった。回りくどいのではなく、ただ不器用なのだよ」

おそらく、その不器用さは安田と高峰が見せた俠気《おとこぎ》とは別種のものなのだろう。

「いつかまた会おう」

最後にそう言い残すと、岬は車両の中へと消えていった。

初出　「小説宝石」二〇一八年八月号〜二〇一九年五月号

この作品はフィクションであり、実在する人物・団体・事件などには一切関係がありません。

中山七里（なかやま・しちり）
1961年、岐阜県生まれ。2009年『さよならドビュッシー』で第8回「このミステリーがすごい！」大賞を受賞しデビュー。昨年のデビュー10周年には12カ月連続新作刊行をし、業界を盛り上げた。著書に『能面検事』『連続殺人鬼カエル男』『作家刑事毒島』『復讐の協奏曲』『ヒポクラテスの悔恨』など多数。

能面検事《のうめんけんじ》の奮迅《ふんじん》

2021年7月30日　初版1刷発行
2021年8月15日　　　2刷発行

著　者　中山七里
発行者　鈴木広和
発行所　株式会社 光文社
〒112-8011　東京都文京区音羽1-16-6
電話　編集部　03-5395-8254
　　　書籍販売部　03-5395-8116
　　　業務部　03-5395-8125
URL　光文社　https://www.kobunsha.com/

組　版　萩原印刷
印刷所　萩原印刷
製本所　ナショナル製本

ISBN978-4-334-91416-5